Gesundheit aktiv

Dr. med. Erika Mendoza
Dr. med. Hans-Arrien Berger

Herausgegeben von
Dr. med. Günter Gerhardt

Krampf-adern

Mit CHIVA-Methode

So werden sie geheilt – so können Sie vorbeugen

ÜBERSICHT

KAPITEL 5 **LEBEN MIT KRAMPFADERN**

SEITE

Service Center

SEITE

KRAMPFADERN VERSTEHEN

Adern

Der Begriff »Adern« gilt für alle Blutgefäße, Arterien und Venen.

Krampfadern gehören heutzutage zu den häufigsten Erkrankungen in Mitteleuropa. Sie sind zwar in aller Regel nicht lebensbedrohlich, doch verursachen sie meist Beschwerden und beeinträchtigen die Lebensqualität des Einzelnen erheblich. Über die Entstehung dieses Leidens ist noch wenig bekannt. Betroffene werden durch falsche Informationen und unsachgemäße Darstellungen verunsichert, die befragten Ärzte sprechen oft eine unverständliche Sprache.

Wer sich mit seiner Erkrankung beschäftigt und umfangreich über die Untersuchungs- und Behandlungsmethoden, die zur Verfügung stehen, informiert, kann seinem Arzt mit den »richtigen« Fragen entgegentreten und als mündiger Patient selbst entscheiden, welche Behandlung für ihn die beste ist. Denn eine Behandlung ist in jedem Fall notwendig, sonst können Krampfadern zu dauerhaften Beschwerden führen.

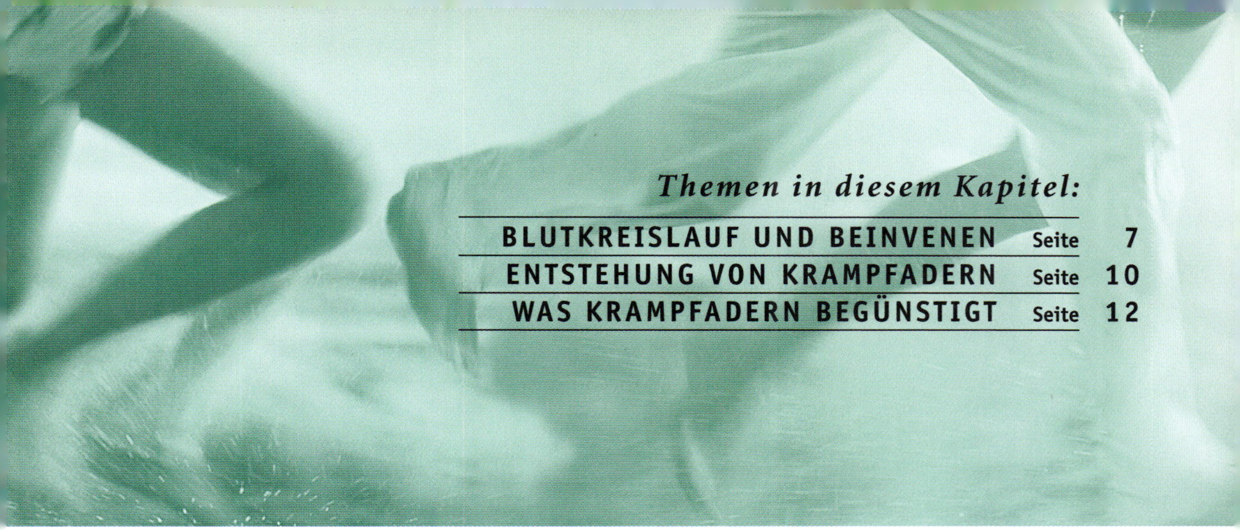

Themen in diesem Kapitel:

Der Blutkreislauf

Ein verzweigtes Netz kleiner und großer Adern durchzieht den ganzen Körper. Das darin fließende Blut transportiert Sauerstoff aus der Lunge und Nährstoffe aus Magen und Darm zu den anderen Organen. Stoffwechselprodukte, die der Körper nicht mehr benötigt, werden über den Blutkreislauf zu Nieren, Leber, Darm und zur Haut transportiert, um dort abgebaut zu werden.

Doch nicht nur das: Das Blut befördert ebenso Hormone, Salze, Wasser und Eiweißstoffe und reguliert die Körpertemperatur. Innerhalb dieses Systems leiten die *Arterien* (Schlagadern) das Blut vom Herzen weg zu den Organen, die *Venen* hingegen transportieren es zum Herzen zurück. Die *Kapillaren*, kleinste Blutgefäße, verbinden Arterien und Venen miteinander. Das Herz ist das Zentrum der Blutbewegung. Es pumpt das Blut von der linken Herzkammer in die Hauptschlagader (Aorta); von dort aus gelangt es in Kopf, Arme, Rumpf und Beine. Die Venen des gesamten Körpers, auch die des Beines, haben die Aufgabe, das verbrauchte Blut aus den Beinen zum Herzen zurückzuführen.

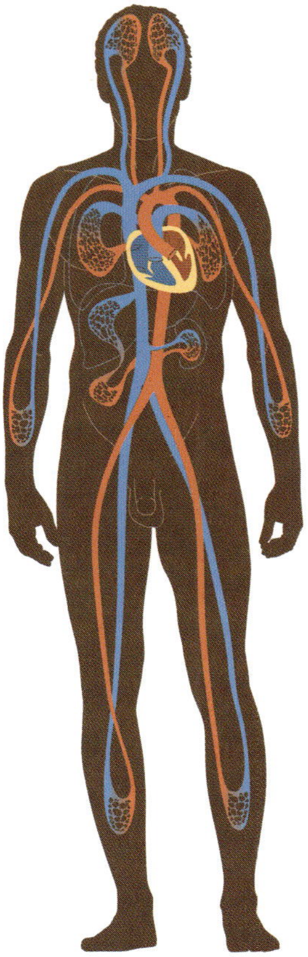

Blutkreislauf:
Adern sind rot, Venen blau dargestellt.

Venensystem des Beines

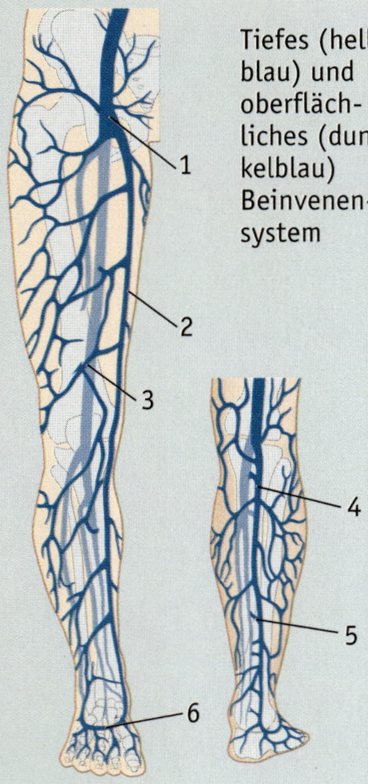

Tiefes (hellblau) und oberflächliches (dunkelblau) Beinvenensystem

1 Beckenvene
2 Vordere Sammelvene
3 Verbindungsvene
4 Hintere Sammelvene
5 Verbindungsvene
6 Venöser Fußrückenbogen

Die Beinvenen

Das Blut in den Venen unterliegt nicht der Pumpfunktion des Herzens. Beim stehenden Menschen muss das verbrauchte Blut zudem entgegen der Schwerkraft von den Füßen zum Herzen aufsteigen. Die Beinvenen lassen sich in zwei verschiedene Systeme einteilen: das *tiefe Venensystem*, das in den Muskeln verläuft, in der Nähe der Knochen, und das *oberflächliche Venensystem*, das unter der Haut verläuft und auf den Muskeln liegt. Das oberflächliche Venensystem sammelt das Blut aus der Haut. Es bildet im Unterhautfettgewebe ein ausgeprägtes Netz, das dem Wärme- und Kälteaustausch mit der Umgebung dient und der Haut hilft, unseren Körper gegen Eindringlinge (Keime) zu verteidigen. Vom Innenknöchel zur Leiste verläuft die wichtigste Vene *(Vena saphena magna)* dieses oberflächlichen Venensystems, die vordere Sammelvene, in die viele Seitenäste münden. Sie gibt ihr Blut über zahlreiche Verbindungsvenen in die tiefen Venen ab und mündet in der Leiste in das tiefe Venensystem. Vom Außenknöchel zur Kniekehle verläuft die hintere Sammelvene *(Vena saphena parva)*. Im tiefen Venensystem läuft das Blut aus den oberflächlichen Venen mit dem Blut aus den Muskeln zusammen. Die tiefen Venen befördern daher sehr viel Blut zum Herzen.

Klappen und Pumpmechanismus

Um ein Zurückfließen zum Fuß zu verhindern, sind alle größeren Venen des Beines, oberflächliche, tiefe und Verbindungsvenen, mit Venenklappen ausgestattet, die als Rückschlagventile wirken. Diese Venenklappen kann man sich wie kleine Segel vorstellen, die an der Venenwand verankert sind und sich in der Mitte der Vene treffen. Sie weisen eine Krümmung auf, sodass ein aufwärts gerichteter Fluss sie leicht anheben kann, aber ein rückwärts gerichteter Fluss sie fest zusammenpresst und die Vene verschließt (siehe Abbildung).

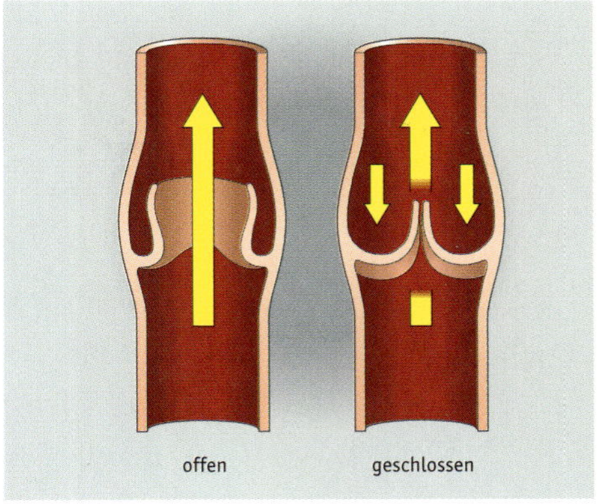

Venenklappen im Fluss und Rückfluss

Damit das Blut auch im Stehen zum Herzen zurückfließen kann, unterliegen die tiefen Beinvenen einem sehr wirksamen Pumpmechanismus (Muskelpumpe): Bei jeder Bewegung werden sie durch die umliegenden Muskeln zusammengedrückt. Das funktioniert wie eine Rollenpumpe, die einen Schlauch von unten nach oben leer presst. Bei Erschlaffung der Muskeln fließt das Blut aus den oberflächlichen Venen in das tiefe Venensystem über die Verbindungsvenen nach.

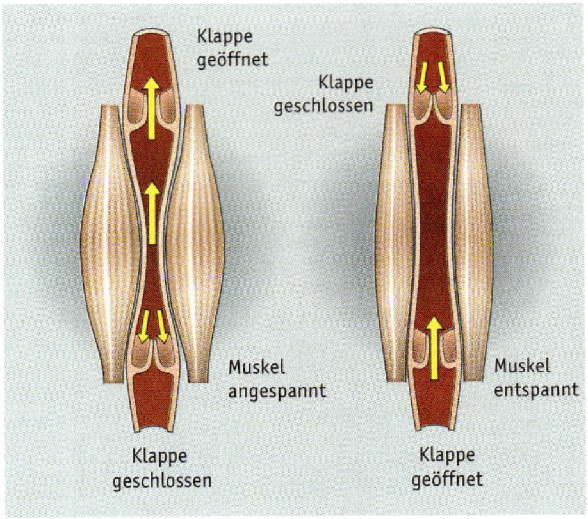

Die Muskelpumpe

Das Lymphsystem

Zwischen den Zellen und dünnsten Kapillaren aller Gewebe befindet sich Flüssigkeit. In ihr lösen sich Nährstoffe und Mineralien – den Rücktransport dieser Flüssigkeit in den Kreislauf übernimmt das Lymphsystem. Es besteht aus feinsten Gefäßen, den Lymphbahnen, die ein Geflecht um die oberflächlichen und tiefen Beinvenen bilden. Wird bei längerem Sitzen oder Stehen das Blut nicht durch die Muskelpumpe zum Herzen zurückbefördert, füllen sich die Kapillaren an den Knöcheln immer mehr mit Blut, es tritt mehr Flüssigkeit aus den Kapillaren in das Gewebe, die Lymphbahnen nehmen vermehrt Flüssigkeit auf und werden überfordert. Dies hat bei einem Menschen mit gesunden Venen eine vorübergehende, beim Krampfaderpatienten eine dauerhafte Beinschwellung zur Folge.

Was passiert bei der Entstehung von Krampfadern?

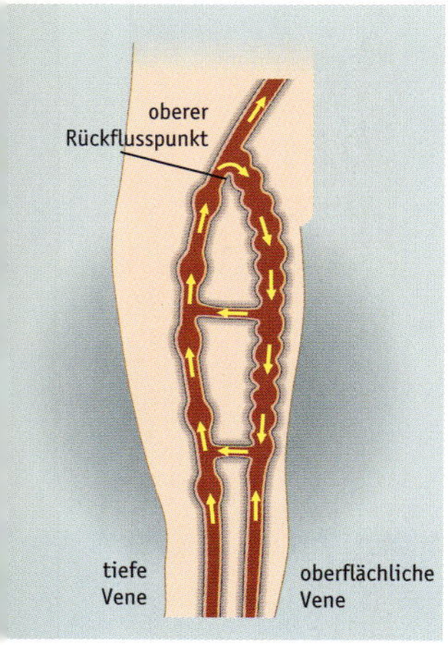

Wiederholungskreislauf: Das schlackenreiche Blut fließt zu den Füßen und wird nicht erneuert, weil es das Bein gar nicht verlässt. Die oberflächlichen Venen werden gedehnt.

Unter dem Begriff »Krampfadern« werden sehr viele unterschiedliche Ausprägungsformen derselben Erkrankung zusammengefasst. Trotz dieser Vielfalt liegt allen Krampfadern dieselbe Blutflussstörung zugrunde. An einem Punkt des Venensystems (oberer Rückflusspunkt genannt) beginnt das Blut aus dem tiefen in das oberflächliche Venensystem zurückzufließen. Es läuft über die oberflächliche Vene fußwärts, also in die falsche Richtung. Dieses Blut versackt nicht irgendwo im Bein, wie oft fälschlicherweise angenommen wird, sondern tritt über eine gesunde Verbindungsvene weiter unten in das tiefe Venensystem ein. Nach einer Aktivierung der Muskelpumpe fließt es in den tiefen Venen aufwärts, bis es wieder den oberen Rückflusspunkt erreicht, um hier erneut rückwärts zu fließen. Damit ist ein Kreis geschlossen. Man spricht bei Krampfadern deswegen auch von Wiederholungskreisläufen.
Es fließt also eine viel größere Menge an Blut durch die oberflächlichen Venen als vorgesehen. Folge: Die oberflächlichen Venen werden überlastet und dehnen sich sichtbar. Eine gewisse Menge verbrauchtes Blut – rund ein Liter – kreist nur im Bein und steht dem Körperkreislauf nicht zur Verfügung.
Am häufigsten passiert dies in der vorderen Sammelvene:
Bei erhöhtem Druck im Bauchraum (zum Beispiel beim Pressen) fließt das Blut aus den Bauchvenen zurück in das Bein. Unterhalb der Leiste stößt es auf die erste Klappe in der tiefen Beinvene, sodass es hier nicht weiterfließen kann. Die tiefe Beinvene und ihre Klappen sind in der Muskulatur gut verankert und können dem Druck gut standhalten.
In der Leiste findet das Blut jedoch einen Punkt mit geringerem Widerstand: die Mündung der oberflächlichen Vene. Hier

Aufgabe der Krampfadern

Trotz ihrer Dehnung und des Rückflusses erfüllen die Krampfadern nach wie vor die Aufgabe, das Blut aus den gesunden Seitenästen unter der Haut in das tiefe Venensystem zu führen.

befindet sich zwar auch eine Klappe, die oberflächliche Vene selbst ist aber nicht von Muskeln umgeben. Ihre Wand wird dem Druck ausgesetzt und kann daher nachgeben. Irgendwann hat sie sich so stark gedehnt, dass sich die Klappenblätter nicht mehr treffen. Die Klappe schließt nicht mehr und das Blut kann in das oberflächliche Venensystem eintreten. So werden die oberflächlichen Venen mit einer großen Blutmenge überladen und gedehnt (siehe Abbildung).

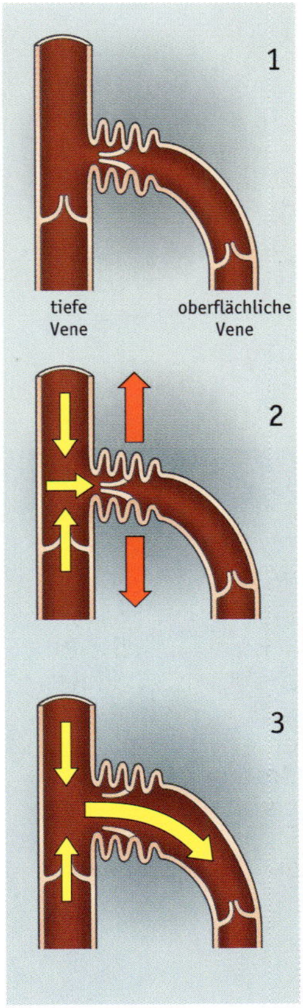

Entstehung einer Krampfader:
1 Zusammenfluss der oberflächlichen Sammelvene in die tiefe Beinvene in der Leiste mit gesunden Klappen
2 + 3 Durch Druck fließt Blut zurück in das Bein und sucht sich einen Weg mit geringem Widerstand: Es fließt in die oberflächliche Vene.

Die Ursache von Krampfadern

Die eigentliche Ursache für Krampfadern ist bis heute nicht bekannt. Man weiß nicht, ob zuerst die Dehnung der Vene vorliegt und die Klappe daher nicht mehr schließen kann – oder ob zunächst die Klappe nicht schließt und sich die Vene daher anschließend durch den Blutrückfluss weitet.

Offensichtlich ist, dass im Gewebe der Venenwand und der Klappen eine Fehlfunktion vorliegt, die möglicherweise erblich ist. Diese Tatsache wurde jedoch wissenschaftlich noch nicht belegt. Die familiäre Häufung, die bei den Krampfadern durchaus zu erkennen ist, muss nicht erblich bedingt sein, sie kann auch auf ähnliche Gewohnheiten, Nahrung und Umwelteinflüsse zurückgeführt werden.

Die so genannte Bindegewebsschwäche, die sehr häufig für Krampfadern verantwortlich gemacht wird, konnte ebenfalls nicht wissenschaftlich als Ursache belegt werden. Untersuchungen ergaben, dass die Fasern in der Wand der erkrankten Venen im Vergleich zu gesunden Venen gelockert sind. Diese Lockerung ist allerdings die unweigerliche Folge der Venenwanddehnung. Sie muss nicht ihre Ursache sein.

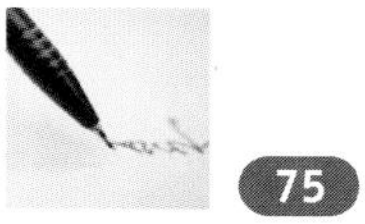

Im ServiceCenter auf Seite 75 finden Sie alle Risikofaktoren, die Krampfadern begünstigen, auf einen Blick.

Begünstigende Faktoren

Es gibt viele begünstigende Faktoren, die die Entwicklung von Krampfadern fördern. Sie wirken auf drei verschiedenen Ebenen: Abflusshindernis, Entspannung der Venenwand und Ausschaltung oder Behinderung der Muskelpumpe.

Abflusshindernis

Das Blut aus den tiefen Beinvenen läuft im Bauch in der Hohlvene zusammen und gelangt über diese Vene zum Herzen. Ein erhöhter Druck im Bauch wirkt daher auf das Venensystem beider Beine, das Blut staut sich in die Beine zurück. Die Arterien transportieren jedoch weiterhin Blut, sodass es sich schließlich in den Venen sammelt und diese sich dehnen.
Auslösende Faktoren für diesen schädlichen Druck sind:

- zu enge Kleidung (Korsagen und Mieder)
- Hartleibigkeit (der volle Darm drückt auf die Venen, beim Stuhlgang muss stärker gepresst werden)
- Schwangerschaft
- Sportarten mit Bauchpresse
- schweres Heben
- chronischer Husten

Warum Bindegewebsschwäche nicht unbedingt Auslöser ist

- Häufig liegen Krampfadern nur an einem Bein vor.
- An einem Bein sind jeweils immer nur einige Venen befallen, benachbarte Venen sind jedoch gesund.
- Auch Sportler mit straffen Muskeln und fester Haut können Krampfadern haben.

Auch in den Leisten oder im Verlauf des Beines kann Druck auf die Venen ausgeübt werden. Ursachen hierfür sind:

- zu enge Unterhosen oder Hosen
- Sitzen mit angewinkelten Beinen
- Hockstellung und Überschlagen der Beine.

Entspannung der Venenwand

Sie bewirkt eine Weitstellung der Venen, ohne dass ein hoher Druck auf sie einwirkt. Die Vene füllt sich mit zu viel Blut, die Venenwand gibt nach, das Blut fließt langsamer, was sowohl Krampfadern als auch die Gefahr einer Thrombose fördert.

Die Venenwandentspannung wird verursacht durch:

- Hormone (Pille, Wechseljahrshormone, Schwangerschaft)
- Alkohol
- Wärme
- eventuell Medikamente zur Blutdrucksenkung

Ausschaltung oder Behinderung der Muskelpumpe

Zu langes Sitzen oder Stehen stellt einen weiteren Risikofaktor für die Krampfaderbildung dar. Die Schwerkraft muss überwunden werden, um das Blut aus den Beinen zurück zum Herzen zu transportieren. Das Blut staut sich in den Venen, dehnt sie, die Venenklappen können nicht mehr richtig schließen. Die Muskelpumpe ist beeinträchtigt durch:

- unnatürlich langes Stehen oder Sitzen
- hohe Absätze oder starre Schuhsohlen, die das Abrollen des Fußes verhindern
- Muskel- und Nervenerkrankungen an den Beinen (Lähmungen)
- Psychopharmaka, die die Muskeln erschlaffen lassen oder das Zusammenspiel der Muskeln stören

Da wir die Ursache von Krampfadern nicht kennen, können wir lediglich versuchen, diese Faktoren auszuschalten, um der Erkrankung vorzubeugen.

Bürstenmassagen

Sie fördern die Durchblutung, können aber auch bestehende Besenreiser (winzige, oft harmlose Krampfadern, siehe Seite 17) verschlimmern.

Liegen auch gefährlich

Auch im Liegen, zum Beispiel während eines Krankenhausaufenthaltes, kann eine defekte Muskelpumpe zu einer tiefen Beinvenenthrombose führen (siehe Seite 19ff.).

Übergewicht

Dass übergewichtige Menschen häufiger an Krampfadern erkranken, wird immer behauptet, konnte aber bisher nicht belegt werden.

KRANKHEIT KRAMPFADERN

Benennung

Eine Krampfadererkrankung wird auch »Varikosis« genannt, die Krampfader »Varize«.

Müde Beine, geschwollene Knöchel, Jucken oder stechende Schmerzen in den Beinen können erste Anzeichen eines Krampfaderleidens sein, ohne dass Krampfadern überhaupt zu sehen sind. Die meisten Krampfaderleiden können aber mit einfachen Methoden diagnostiziert werden.

Schwerer ist es, die Krankheit nach Schweregraden einzuteilen, um Richtlinien für ihre Behandlung aufzustellen. Der Arzt kann sich hierzu nach folgenden Kriterien richten:

- Angaben über Beschwerden
- optisches Ausmaß der Krampfadern (wie stark sind sie bereits zu sehen?)
- Hautveränderungen
- Befunde durch Untersuchungen

Jedes Kriterium für sich betrachtet ist nicht ausreichend für eine Diagnose, da es zum Beispiel stark sichtbare Krampfadern gibt, die keine Beschwerden verursachen, oder dünne Krampfadern die ausgeprägte Hautveränderungen bewirken.

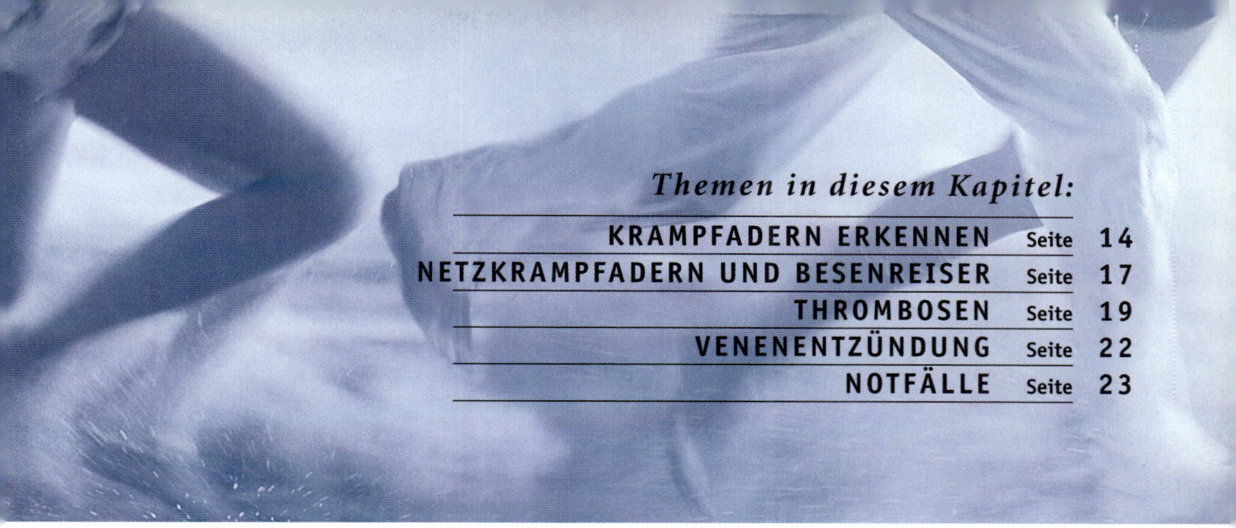

Themen in diesem Kapitel:

Erste Beschwerden

Warnsignale

Zu Beginn der Erkrankung spüren viele Patienten ein Schweregefühl oder Ziehen in den Beinen, das nicht genau zu definieren ist. Meist sind diese Beschwerden nach längerem Stehen oder Sitzen stärker und werden durch das Hochlagern der Beine gelindert. Nächtliche Wadenkrämpfe können genauso durch Krampfadern verursacht sein wie Schmerzen in der Leiste beim Sitzen oder Spannungsschmerz in der Wade nach längerem Stehen, Gehen oder Joggen! Dies ist besonders irreführend, da Krampfaderbeschwerden durch Bewegung normalerweise besser werden; zudem findet man diese Symptome auch bei arteriellen Durchblutungsstörungen (»Schaufensterkrankheit«). Hierbei schmerzen bei Anstrengungen die Muskeln, weil die Arterien nicht genügend Sauerstoff liefern.

Kribbeln, Jucken der Haut und Unruhe in den Beinen sind auf Einlagerungen der Schlackenstoffe zurückzuführen. Selbst kalte Füße können durch Krampfadern verursacht sein: Da das Blut immer wieder ins Bein zurückfließt, kann es sich nicht im Bauchraum erwärmen.

76

Frühwarnzeichen für ein Krampfaderleiden finden Sie auf Seite 76 im Service-Center.

Konditionsmangel

Konditionsmangel bei Krampfadern wird meist nicht bemerkt, da er sich schleichend einstellt. Nach einer Behandlung stellen viele Patienten fest, dass sich ihre Kondition gebessert hat.

Allgemeine Beschwerden

Bei bestehenden Krampfadern kreist ständig Blut im Bein – Blut, das dem allgemeinen Kreislauf nicht zur Verfügung steht, da es im Bein versackt. Daher haben Menschen mit Krampfadern meistens eine schlechtere Kondition.

Auch nächtliches Wasserlassen kann durch Krampfadern bedingt sein: Die Flüssigkeit, die tagsüber in Venen und Gewebe lagert, fließt nachts in den Kreislauf und kann ausgeschieden werden. Am nächsten Morgen versackt das Blut wieder in den Beinen – manche Patienten merken genau, wie das Blut nach dem Aufstehen »in das Bein schießt«.

Morgens leiden diese Patienten unter niedrigem Blutdruck, so lange, bis sie dem Körper wieder ausreichend Flüssigkeit zugeführt haben.

Sichtbar und unsichtbar

Sichtbare Seitenäste

Je länger eine Krampfader besteht, desto mehr Seitenäste werden sichtbar.

Krampfadern können sehr verschiedene äußere Erscheinungsformen haben:

- über einen längeren Verlauf mehr oder weniger dicke, geschlängelte Venen
- gehäuft neben- und übereinander liegendes Venenknäuel
- punktuelle Vorwölbung der Haut an einzelnen Stellen im Verlauf einer sonst nicht sichtbaren Vene

Gelegentlich bilden sich Krampfadern nicht durch einen Rückfluss aus dem tiefen Venensystem, sondern aus dem Rückfluss von einer der oberflächlichen Sammelvenen in einen ihrer Seitenäste. Diese Krampfadern sind dünner und verursachen weniger Beschwerden. Es gibt aber auch andere mögliche Sonderformen: Venen aus dem kleinen Becken, die über dem Schambereich am Oberschenkel Krampfadern füllen, oder Verbindungsvenen in Seitenäste ohne Beteiligung der Sammelvenen – bei einer Untersuchung kann all das genau geklärt werden.

Retikuläre Krampfadern

So werden Netzkrampfadern auch genannt. Retikulär = netzartig (lat.)

Nicht sichtbar sind »innere« oder »innen liegende« Krampfadern. Dies sind immer erkrankte Venen des oberflächlichen Venensystems – nicht des tiefen Venensystems.

Nicht alle sichtbaren Venen sind Krampfadern. Bei dünner Haut kann das oberflächliche Venennetz durchschimmern und mit einer netzartigen Krampfader verwechselt werden. Dieser Zustand ist nicht krankhaft. Ebenso können gesunde Sammelgefäße und ihre Seitenäste deutlich hervortreten. Sie stellen sich als geradlinig verlaufende, aufliegende Venen dar, wie man es manchmal am Arm oder am Fuß sehen kann.

88

Zur Behandlung von Besenreisern siehe Seite 88 im ServiceCenter.

Netzkrampfadern und Besenreiser

Netzkrampfadern und Besenreiser stellen kein ernsthaftes gesundheitliches Problem dar. Sie belasten aber viele Menschen, vor allem Frauen, aus kosmetischen Gründen. Beide können zwar Folgen einer sichtbaren wie auch einer nicht sichtbaren Krampfader sein, treten aber durchaus auch bei gesunden Sammelvenen auf. Netzkrampfadern liegen bei einem verstärkt sichtbaren, rückfließenden, oberflächlichen Venennetz vor. Sie schimmern durch die Haut und treten leicht hervor.

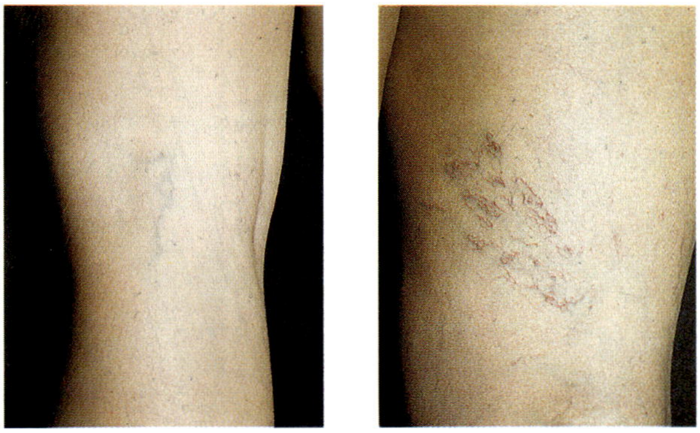

Links: Netzkrampfadern
Rechts: Besenreiser

Besenreiser sind in der Haut verlaufende kleine Venen, die blau oder rot durch die Haut schimmern. Meist verlaufen sie in Form eines Sterns oder Fächers dicht unter der Hautoberfläche. Man kann sie mit dem Finger wegdrücken, sie füllen sich aber schnell wieder.

Lymphsystem:
1. Zelle
2. Kapillaren
3. Lymphgefäß

Schwellung der Beine und Hautverfärbungen

1
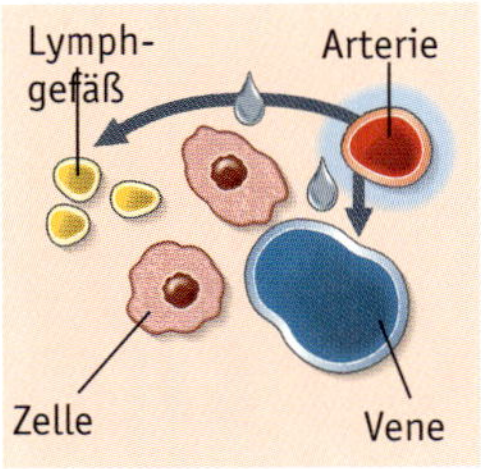

2
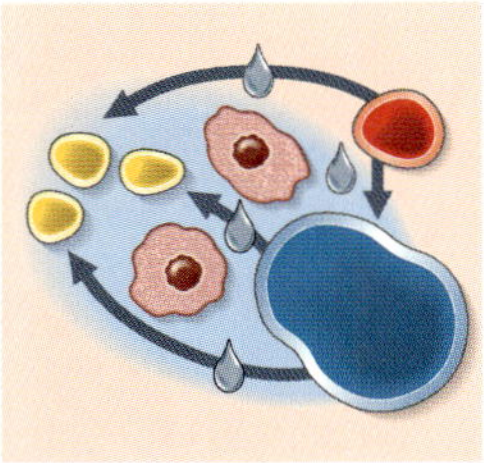

1 Normal: Aus der Arterie tritt Flüssigkeit, die von Venen und Lymphgefäßen aufgenommen wird.
2 Krampfadern: Die Venen sind überfüllt. Sie geben Flüssigkeit an die Lymphgefäße ab, die anschwellen.

Das Blut, das in den Krampfadern zurückfließt, dehnt die kleinsten Kapillaren und verursacht Einlagerungen von Flüssigkeit, später auch von Blutfarbstoff im Gewebe. Die Schadstoffe können nicht ausreichend abtransportiert werden. Das bewirkt zunächst eine Schwellung. Im Laufe der Zeit treten eine Verhärtung der Haut, braune Verfärbung oder Ekzeme auf. Es gelangt kein Sauerstoff mehr in das Gewebe. Das Bein wird anfällig für Hautverletzungen und Infektionen. Eine Behandlung der Krampfadern wird dringend erforderlich, um dem offenen Bein vorzubeugen!
Flüssigkeitseinlagerungen in den Beinen sind daran zu erkennen, dass die normalen Knöchelkonturen und das Profil der Muskeln verstrichen sind oder dass sich die teigige Schwellung mit dem Finger eindrücken lässt und sich erst sehr langsam wieder »entdellt«.
Ursachen für geschwollene Beine sind unter anderem Krampfadern, Lymphödeme, Herzschwäche, Nieren- oder Schilddrüsenerkrankungen und Arthrose.

Das offene Bein

Beim offenen Bein, auch *Ulcus cruris* genannt, handelt es sich um lang anhaltende Wunden meist an der Knöchelinnen- oder -außenseite. Die umgebende Haut ist hart und dunkel.
Eine Behandlung der Wunden allein hilft meist wenig. Nur bei gleichzeitiger Behandlung der Krampfadern können die Wun-

den dauerhaft verheilen. Offene Beine können auch durch arterielle Durchblutungsstörungen oder Diabetes mellitus bedingt sein. Eine Abklärung durch den Arzt ist daher unbedingt erforderlich!
Besonders schwer zu behandeln sind offene Beine bei einer Beschädigung der tiefen Beinvenen. Sollten keine behandlungsfähigen Krampfadern vorliegen, hilft hier nur Wundpflege und Wickeln. Es gibt allerdings seit ein paar Jahren eine hervorragende Methode, diese seltene Situation zu meistern, sollten alle herkömmlichen Maßnahmen scheitern: Die Shave-Methode. Die gesamte kranke Haut wird abrasiert, wodurch eine frische Wunde auf gesundem Gewebe entsteht, die besser heilt.

79

Die Behandlung des offenen Beines erfordert von Arzt und Patient Geduld – es lohnt sich aber! Fragen, die Sie dem Arzt stellen sollten, finden Sie im ServiceCenter auf Seite 79.

Tiefe Beinvenenthrombose

Von einer tiefen Beinvenenthrombose spricht man bei einem Blutgerinnsel in den tiefen Venen des Beines.

Drei Hauptvenen

Am Unterschenkel haben wir drei Hauptvenen. Am Knie fließen sie in einen Stamm zusammen, der am Oberschenkel in der Nähe des Knochens verläuft und über die Leiste das Bein verlässt.

Folgen einer Thrombose

Das tiefe Venensystem besteht nicht aus so vielen Seitenästen wie das oberflächliche Venensystem: Sind die Venen im Becken, in der Leiste oder am Oberschenkel durch ein Blutgerinnsel verschlossen, so hat das Blut keine Möglichkeit mehr, das Bein zu verlassen – es sei denn über kleine Seitenäste oder über oberflächliche Venen. Das gesamte Blut staut sich zurück, die Venen werden prall und können ihre Aufgabe nicht mehr erfüllen, der Blutfluss kommt zum Stehen und das Blutgerinnsel kann weiter wachsen. Diese extreme Situation ist glücklicherweise selten. Je weiter unten im Bein das Gerinnsel sitzt, desto weniger Schaden richtet es an.

Wichtig!

Nicht immer zeigen Thrombosen die »klassischen« Symptome. Manchmal verursachen sie auch gar keine Beschwerden. Wenn Sie unsicher sind, gehen Sie lieber einmal mehr zu Ihrem Arzt.

Ursachen und erste Anzeichen

Ursachen einer Thrombose sind oft Situationen, bei denen die Muskelpumpe der Beine lahm gelegt ist, zum Beispiel bei einer Vollnarkose oder der Ruhigstellung eines Beines.

Die ersten Symptome einer Thrombose sind Rötung, Schwellung am Unterschenkel, Schmerzen und Schweregefühl. Oft wird eine Thrombose auch mit einer Muskelzerrung verwechselt. Treten diese Beschwerden nach Beginn der Einnahme von Hormonpräparaten (zum Beispiel der Antibabypille) auf, nach längerer Bettlägrigkeit, langem Sitzen oder wenn das Bein in Gips liegt, ist besondere Aufmerksamkeit geboten.

Krampfadern und Thrombose

Wissenschaftlich ist nicht erwiesen, dass Patienten mit Krampfadern ein erhöhtes Risiko haben, eine tiefe Beinvenenthrombose zu bekommen.

Behandlung

Eine Thrombose muss unbedingt vom Arzt behandelt werden. Ziel der Behandlung ist es, sobald wie möglich die Durchgängigkeit der tiefen Beinvenen wieder herzustellen und eine Überfüllung der Beinvenen mit neuen Blutgerinnseln, das Zugrundegehen der Klappen im tiefen Venensystem und Krampfaderbildung zu vermeiden. Bleiben nach einer Thrombose Schäden an den Klappen der tiefen Beinvenen zurück, muss der Patient mit dauerhaften Hautveränderungen und auch mit dem Risiko des offenen Beines rechnen. Er sollte dann zeit seines Lebens Kompressionsstrümpfe tragen, um dem vorzubeugen.

Operative Entfernung des Blutgerinnsels

Von Operationen, bei denen das Blutgerinnsel direkt aus der Vene entfernt wird, kommt man immer mehr ab, da es sich um einen großen Eingriff handelt und die Ergebnisse im Ganzen bisher enttäuschend waren.

Die wichtigsten Eckpfeiler einer Thrombosebehandlung sind Kompression und gerinnungshemmende Medikamente (siehe Seite 35f. und 40ff.). Diese Medikamente müssen so lange eingenommen werden, bis das Blutgerinnsel vom Körper abgebaut wurde. Nach einer durchgemachten Thrombose entwickeln sich häufig Krampfadern. Leider wird noch sehr oft der falsche Standpunkt vertreten, ein Eingriff an diesen Krampfadern sei schädlich – meist ist jedoch genau das Gegenteil der Fall.

Nur ganz selten bleiben nach einer Thrombose die tiefen Beinvenen dauerhaft verschlossen. Dann dienen die verdickt sichtbaren oberflächlichen Venen dem Abfluss aus dem Bein und sind unentbehrlich, dürfen also weder operiert noch verödet werden. Mit dem Doppler-Ultraschall (siehe Seite 29) kann man die Flussrichtung des Blutes in ihnen feststellen und entscheiden, ob operiert werden darf. Entleeren sich beim Hochlagern der Beine die Krampfadern nicht sofort wieder, besteht der dringende Verdacht, dass die tiefen Beinvenen verschlossen sind.

Thrombose der tiefen Beinvene

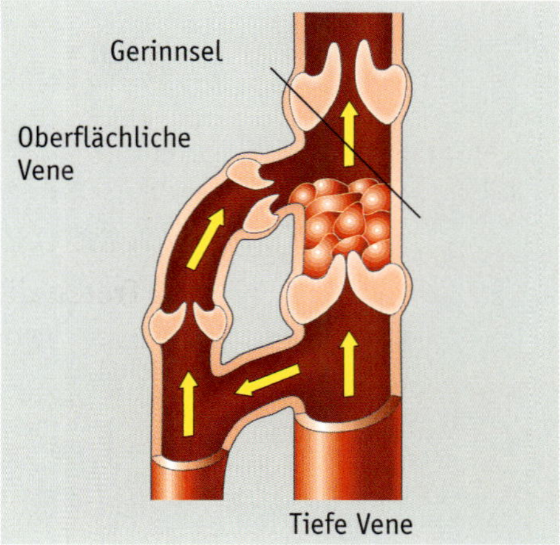

Korrekt behandelt heilen die Thrombosen meist ohne dauerhafte Schäden ab. Besonders wichtig ist jedoch das konsequente Tragen von Kompressionsstrümpfen; bewährt hat sich dabei ein Zeitraum von mindestens fünf Jahren.

Risiko Lungenembolie

Die Lungenembolie ist eine Folge der Thrombose und kann gelegentlich auch ihr erstes Symptom sein. Bei der Lungenembolie lösen sich Teile eines Blutgerinnsels aus dem Bein und werden mit dem Blutstrom in das Herz und dann in die Lunge getragen, wo sie sich in einer kleinen Ader festsetzen und diese verstopfen. Dadurch wird die Sauerstoffzufuhr zum Blut blockiert. Dies kann im schlimmsten Fall zum Tod führen.

Symptome der Lungenembolie sind plötzlich auftretende Kurzatmigkeit, Luftnot, Husten (auch Bluthusten), Stiche im Brustbereich, Schweißausbruch, Herzrasen, Beklemmungsgefühl und Bewusstlosigkeit.

Angeboren?

Nach einer Thrombose muss immer geklärt werden, ob ein angeborener Blutgerinnungsfehler vorliegt, da man dann für die Zukunft vorbeugen kann.

Venenentzündung

Erste Anzeichen

Die Venenentzündung kann durch die begleitende Entzündung des Unterhautfettgewebes starke Rötung, Schwellung und Schmerzen hervorrufen.

Keine Spätfolgen

Eine Venenentzündung hat keine Spätfolgen. Manchmal bewirkt sie sogar durch die vorübergehende Flussbehinderung die Rückbildung einiger kranker Seitenäste der Krampfadern.

Wie eine Venenentzündung entsteht

Zu einer Venenentzündung kommt es, wenn sich im oberflächlichen Venensystem die Venenwand entzündet, meist in einer Krampfader. Oft bildet sich dort ein Blutgerinnsel. Die Risikofaktoren, sind dieselben wie für Krampfadern.
Bisher konnte nicht definitiv geklärt werden, ob die Gefahr besteht, dass das Blutgerinnsel aus der oberflächlichen Vene in das tiefe Venensystem übergreifen kann. Theoretisch wäre es möglich; wird die Venenentzündung jedoch korrekt behandelt (siehe unten), ist es aber so gut wie ausgeschlossen.

82

Rezepturen für pflanzliche Entzündungshemmer, Salben und Quarkumschläge finden Sie auf den Seiten 82-84 im ServiceCenter.

Behandlung

Eine Venenentzündung besteht manchmal über mehrere Monate, stellt aber kein ernstes Gesundheitsrisiko dar. Die beste Behandlung ist die Kompression verbunden mit Bewegung (Laufen, Rad fahren). Bei starken Schmerzen kann man zusätzlich einen Entzündungshemmer anwenden. Zur örtlichen Behandlung empfiehlt sich die Kühlung mit kalten Gegenständen (kalter Lappen, Eis) oder mit Quarkumschlägen.
Einige Ärzte stechen die Vene auf und quetschen das geronnene Blut heraus. Die Entzündung der Venenwand bleibt weiterhin bestehen – und obwohl der örtliche Schmerz nachlässt, hat sich bald wieder ein neues (etwas kleineres) Blutgerinnsel gebildet. Hinzu kommen der momentane Schmerz während des Eröffnens und die Gefahr einer Infektion. Es ist schon vorgekommen,

dass beim Auspressen ein Teil des Gerinnsels in die tiefen Venen gedrückt wurde und eine Lungenembolie verursacht hat. Heparinspritzen – Heparin ist ein blutgerinnungshemmender Wirkstoff – sind bei normaler Beweglichkeit zur Behandlung einer Venenentzündung nicht sinnvoll.

Blutegel

Eine schonendere Alternative zum Eröffnen der Vene ist das Ansetzen eines Blutegels.

Notfälle rund um die Krampfadern

Krampfaderblutung

Wenn die Haut über der Krampfader dünn ist, kann es durch leichte Verletzungen zu starken Blutungen kommen. Diese Situation stellt einen der wenigen Notfälle rund um das Krampfaderleiden dar. Sie müssen die Stelle abbinden oder abdrücken. Danach ist die größte Gefahr gebannt. Sie sollten aber dennoch einen Arzt aufsuchen, um völlig sicherzugehen, dass die Blutung auch tatsächlich gestoppt wurde.

76

Im ServiceCenter auf Seite 76 finden Sie eine Anleitung zur Ersten Hilfe bei Venenblutungen.

Fieber und schmerzhafte Rötung

Ist die Hauternährung aufgrund der Krampfadern chronisch schlecht und liegen demzufolge Hautveränderungen vor (siehe Seite 18), funktioniert auch das Abwehrsystem gegen Keime nicht mehr richtig. Leichteste Verletzungen können schwere Infektionen nach sich ziehen.
Eine bakterielle Entzündung der Haut (Wundrose = Erysipel) oder auch tiefere Eiterungen (Phlegmone) können die Folge sein. Sie bergen die Gefahr einer Blutvergiftung durch Bakterien und stellen daher eine Notfallsituation dar. Suchen Sie beim geringsten Verdacht einen Arzt auf.

Achtung!

Eine Selbstbehandlung mit Antibiotika oder Entzündungshemmern kann schwerwiegende Folgen haben!

DER ARZTBESUCH

Krampfader-
spezialisten

Spezialisten für Krampfadern sind Gefäßchirurgen, Angiologen, einige Hautärzte und Phlebologen (diese letzte Bezeichnung gibt es in der Schweiz und in Österreich nicht).

Jede Krampfader ist von Anfang an ein Erkrankungszeichen und sollte unter ärztlicher Beobachtung und Behandlung stehen, um so einer Verschlimmerung zuvor zu kommen. Ein Arztbesuch ist also in jedem Fall gerechtfertigt.

Das Aufsuchen eines Spezialisten ist dann nötig, wenn die Krampfadern beginnen, Beschwerden zu verursachen, wenn die Haut unter den Krampfadern leidet, wenn die Gefahr besteht, dass sich die Venen bei leichten Verletzungen öffnen, wenn sie ein kosmetischer Störfaktor werden oder wenn sie sehr ausgeprägt sind, aber dennoch keine der oben genannten Probleme verursachen.

Bei ungeklärten Beinbeschwerden, auch wenn keine sichtbaren Krampfadern vorliegen, sollte immer auch ein Angiologe hinzugezogen werden, das heißt ein Internist (in Österreich auch Hautärzte) mit einer dreijährigen Zusatzausbildung für die Erkrankungen der Arterien, Venen und Lymphbahnen. Ein Angiologe operiert jedoch nicht.

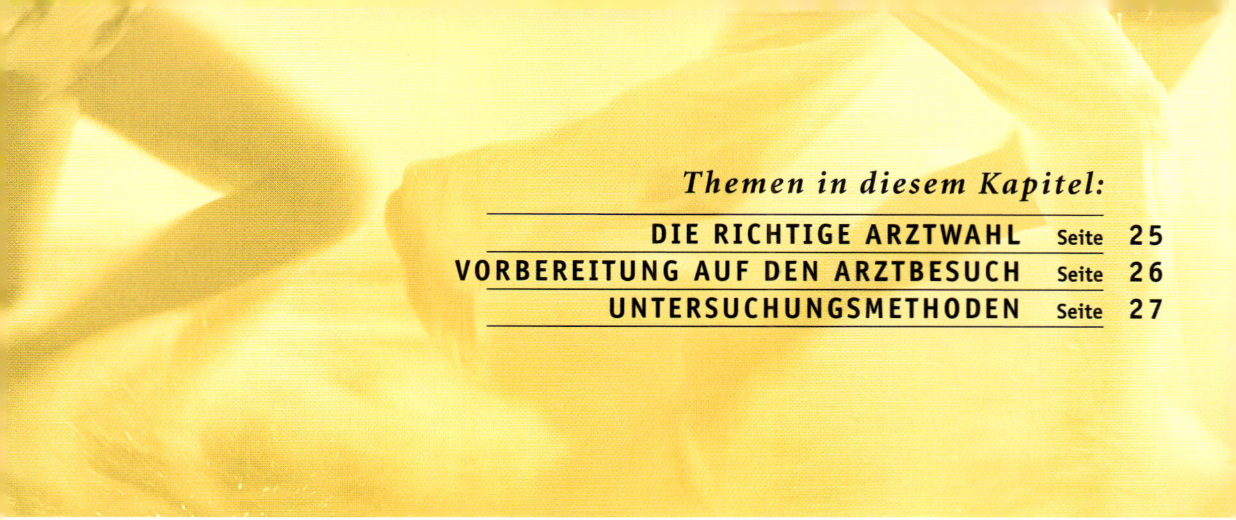

Wer die Wahl hat, hat die Qual

Bevor Sie zum Arzt gehen, sollten Sie sich klarmachen, welche Fachrichtung für Ihr Anliegen in Frage kommt:

Aufgabe	Der richtige Arzt
Allgemeine Hinweise, Vorbeugen	Hausarzt
Spezielle Untersuchung der Venen	Phlebologe, Gefäßchirurg mit Duplex-Ultraschallgerät, Angiologe (gelegentlich der Hausarzt und Hautarzt)
Veröden	Hautarzt, Phlebologe, Gefäßchirurg
Operieren	Gefäßchirurg, gelegentlich auch Hautärzte und Chirurgen

Wenn Sie einen Eingriff wünschen, bedenken Sie, dass Sie in einer gefäßchirurgischen Praxis immer von einem Facharzt behandelt werden, der täglich operiert. In einem Krankenhaus werden Eingriffe an Krampfadern oft von Ärzten in der Weiterbildung vorgenommen. Fragen Sie, ob vor der Operation routinemäßig ein Kontrastmittelröntgen durchgeführt wird. Diese Untersuchung ist heute nur noch sehr selten nötig.

Arztbezeichnung

Hautärzte heißen »Facharzt für Dermatologie und Venerologie«. Venerologie steht für Geschlechtskrankheiten, nicht für Venen.

Das Gespräch

80

Im ServiceCenter auf Seite 80/81 finden Sie eine Checkliste zur Vorbereitung auf die Fragen des Arztes.

Welche Fragen stellt mir der Arzt?

Ärzte haben heute immer seltener Zeit. Meist können sie zu einem konkreten Thema, zum Beispiel Krampfadern, nur einmal ausführlich mit Ihnen sprechen. Daher sollten Sie ausgeruht und konzentriert sein und vor allem gut vorbereitet!

Die Beschreibung der Beschwerden hilft dem Arzt, die richtige Diagnose zu finden. Schmerzen »im ganzen Bein« sind extrem selten. Diese Aussage ist sehr irreführend. Versuchen Sie deshalb immer, Ihre Beschwerden so genau wie möglich zu formulieren.

Genaue Angaben

Der Arzt kann nur nach Ihren Angaben entscheiden. Es ist daher sehr wichtig, dass die Angaben genau stimmen.

Auch wenn Sie den Arzt nur wegen einer ganz speziellen Frage zu den Venen aufsuchen, muss er sich ein vollständiges Bild über Ihre Vorgeschichte und Ihren Gesundheitszustand machen können. Sie sollten auf Fragen über Voroperationen, Medikamente und allgemeine Erkrankungen gefasst sein. Bereiten Sie sich auf die Fragen vor und schreiben Sie sich einige Punkte auf!

Welche Fragen stelle ich dem Arzt?

Sollten Sie die Notwendigkeit einer vorgeschlagenen Untersuchungsmethode nicht verstehen, fragen Sie, was mit dieser Untersuchung festgestellt werden soll und inwiefern diese Ergebnisse eine Entscheidung für Ihre weitere Behandlung beeinflussen werden.

Fragen Sie, welche persönlichen Erfahrungen der Arzt mit der gewählten Therapie bisher gemacht hat und warum er glaubt, dass die gewählte Methode die richtige und wirkungsvollste ist. Fragen Sie auch, inwiefern die Beschwerden, die Sie zum Arzt geführt haben, durch die vorgeschlagene Behandlung gelindert werden.

Ihre Diagnose:

Fragen Sie den Arzt nach der genauen Diagnose. »Beinschwellung« ist keine Diagnose!

Untersuchungsmethoden

Sehen und Tasten

Es gibt viele Möglichkeiten, Krampfadern mit einfachsten Untersuchungen einzugrenzen. Allerdings erfordern solche Untersuchungen auch Zeit. Dem Arzt stehen heute sichere und exakte diagnostische apparative Hilfen zur Verfügung.

Der Arzt muss dennoch das Bein von vorne und von hinten anschauen, tasten, ob die Haut derb ist, die Venen verhärtet oder entzündet sind und ob Schwellungen vorliegen. Er sollte die Pulse der Arterien an Knöcheln und Füßen tasten, die Beweglichkeit der Gelenke überprüfen und die Muskelreflexe beurteilen. Wenn Sie den Eindruck haben, er habe eine Hautveränderung nicht zur Kenntnis genommen, weisen Sie ihn ruhig darauf hin oder fragen ihn.

77

Tipps und Hilfen für die gängigen Untersuchungen beim Arzt finden Sie im Service-Center auf Seite 77.

Volumenmessungen

Bei einer Volumenmessung, wie der Photopletysmographie (PPG) oder der Lichtreflexionsrheographie (LRR), wird festgestellt, wie viel Blut die Gefäße im Bein enthalten und wie Stehen oder Bewegung diese Blutmenge beeinflussen können.

Die Untersuchung soll stets bei gleicher Raumtemperatur und nach 10 Minuten Liegedauer erfolgen. Meist wird eine Infrarotsonde auf den Unterschenkel geklebt. Die Sonde strahlt Infrarotlicht in die Haut, das von dort wiederum reflektiert wird. Zu sehen sind dabei sehr feine Helligkeitsunterschiede der Haut. Fließt das Blut normal zum Herzen, bleibt die Haut heller, staut sich das Blut, färbt sie sich dunkler. Während der Messung muss der Patient einige Male mit dem Fuß wippen, damit man sieht, wie das Blut auf die Muskelpumpe reagiert. Bei Stillhalten des Fußes kann der Arzt sehen, wie schnell sich die Venen wieder mit Blut füllen. Normalerweise dauert es

Kein eindeutiger Beweis

Ein Ergebnis einer Volumenmessung, beweist nicht, dass die Venen gesund sind.

etwa 25 Sekunden. Füllen sich die Venen schneller, schließen die Venenklappen nicht mehr richtig.
Diese Methode macht jedoch keine Angaben zu konkreten Venenabschnitten und ist daher entbehrlich. Wenn ein Duplex-Ultraschall gemacht wurde, werden durch die Volumenmessung keine zusätzlichen Angaben geliefert.

Röntgen-Kontrastmitteldarstellung

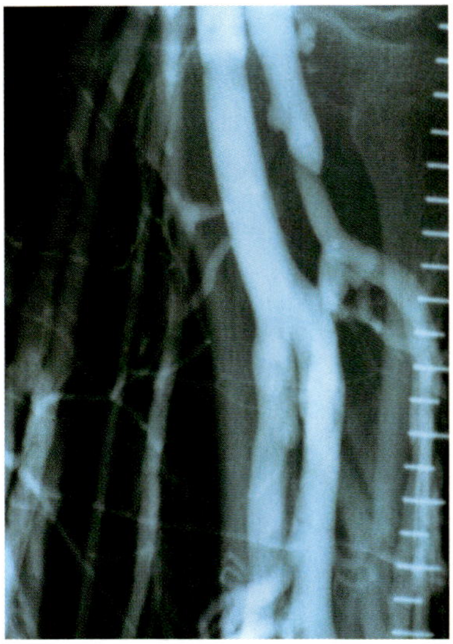

Phlebographie mit weiß dargestellten Venen. Die Klappen erkennt man als schwarze Einschnitte in den weißen Venen.

Bei dieser Untersuchung, auch Phlebographie genannt, werden die Venen des Beines durch Kontrastmittel, das in eine Fußvene gespritzt wird, für Röntgenstrahlen sichtbar gemacht. Man erkennt den Verlauf der Venen sowie ihre Klappen und stellt fest, welche Verbindungsvenen gedehnt sind. Eine Flussrichtung ist aus den Bildern nicht abzuleiten – es sei denn, der Arzt hat während der Untersuchung durchleuchtet und Richtungspfeile auf die Bilder gemalt.

Im Notfall

Bei Verdacht auf eine tiefe Beinvenenthrombose muss aus Zeitgründen im Zweifelsfall eine Kontrastmitteluntersuchung durchgeführt werden.

Wissenschaftler sind sich einig, dass zur Diagnostik der oberflächlichen Venen die Ultraschalluntersuchungen die Röntgenuntersuchung weitestgehend ersetzt haben. Daher ist eine Ultraschalluntersuchung – falls möglich – der Röntgen-Kontrastmitteldarstellung vorzuziehen.
Sollte der Ultraschall nicht eindeutig sein oder kein erfahrener Arzt zur Verfügung stehen, hat die Kontrastmitteldarstellung heute noch einen kleinen Einsatzbereich zum Feststellen oder Ausschließen einer tiefen Beinvenenthrombose.
Die Kontrastmitteluntersuchung ist oft schmerzhaft und kann an

der Einstichstelle Venenentzündungen, eine Reizung der Venenwand und tiefe Beinvenenthrombosen hervorrufen, allerdings kommt dies ganz selten vor. Bei einer Allergie auf Jod oder Kontrastmittel und bei bestimmten Schilddrüsenerkrankungen darf sie nicht angewendet werden.

Schnittbild-Ultraschall

Schallwellen sind eine harmlose und schmerzfreie Untersuchungsmethode. Bekannt durch ihren Einsatz während einer Schwangerschaft hat die Schalluntersuchung sich immer weiter verbreitet. Das dabei sichtbare, normale Schnittbild zeigt eine Scheibe aus dem Bein, auf der die Venen zu sehen sind. Mit Hilfe dieses Bildes kann ein erfahrener Arzt den Durchmesser der Venen bestimmen und vorhandene Thrombosen schnell und sicher erkennen. Moderne Geräte bilden sogar die Klappen in den Venen auf dem Bildschirm ab. Die Untersuchung kann wiederholt werden, ohne den Patienten zu belasten.

Normale Schalluntersuchung

Die normale Schalluntersuchung gibt keine Information über die Flussrichtung des Blutes.

Doppler-Ultraschall

Diese Untersuchung ergänzt das Ultraschallverfahren mit Aussagen zum Blutfluss und zur Flussrichtung. Der Arzt stellt fest, ob das Blut in den Venen nur aufwärts fließt oder ob es krankhaft wieder zum Fuß zurückläuft. Dazu verwendet er eine stiftförmige Sonde. Das Gerät gibt rauschende Töne ab, das Ergebnis kann als Kurve auf Papier gedruckt werden.

Der Nachteil dieser Untersuchung besteht darin, dass der Arzt nicht mit Sicherheit weiß, welches Gefäß er untersucht, da es nicht abgebildet wird.

Doppler Effekt

Mit dem Doppler-Effekt werden Geschwindigkeit und Richtung der Bewegung von Teilchen festgestellt – in diesem Fall der roten Blutkörperchen.

Duplex-Ultraschall

Eine Kombination aus Schnittbild-Ultraschall und Doppler-Ultraschall ist der Duplex-Ultraschall. Der Arzt sieht auf der einen Bildhälfte ein Schnittbild, auf dem er sich die Vene

Beste Methode

Die Vorteile bei Duplex-Ultraschall und Schnittbildultraschall fallen bei der Duplex-Ultraschall weg.

aussuchen kann, in der er messen möchte. Auf der anderen Bildhälfte erscheint dann die Doppelkurve, die den Fluss aus genau dieser Vene darstellte. Der Arzt kann so für jede einzelne Vene und Arterie des Beines exakt den Blutfluss bestimmen. Alle Venen des Beines, oberflächliche wie tiefe, können untersucht werden.

Auch eine tiefe Beinvenenthrombose kann mit Duplex-Ultraschall fast immer entdeckt oder ausgeschlossen werden. Im Zweifelsfall sollte man auf die Kontrastmitteldarstellung zurückgreifen.

Der Arzt ist dank dieser Untersuchung in der Lage, ein genaues Flussschema für alle Venen des Beines zu erstellen, was mit keiner der anderen Untersuchungen möglich ist – auch nicht mit der Kontrastmitteldarstellung. Selbst defekte Venenklappen können mit dem Duplex-Ultraschall genau erkannt werden.

Neuere Geräte zeigen die Flussrichtung auf dem Schnittbild mit Farben an, rot zum Schallkopf hin und blau vom Schallkopf weg. Diese Technik wird »Farb-Duplex« genannt. Sie bietet einen optischen Vorteil für den Arzt, ihre Aussagekraft ist aber dennoch nicht größer als beim Schwarz-Weiß-Duplex-Ultraschall.

Die Methode hat zwei Nachteile:

1. Für ein Flussschema des ganzen Beines ist sie sehr zeitaufwendig – eine Untersuchung der Krampfadern dauert circa 30 Minuten.

2. Sie erfordert eine lange Lernphase für den Arzt.

Beide Nachteile sollten aber keine Argumente gegen die Anwendung des Duplex-Ultraschalls sein!

Wenn der Arzt die Duplex-Untersuchung nicht beherrscht, ist dies kein Grund, eine schmerzhafte, strahlenbelastende und risikobehaftete Phlebographie durchführen zu lassen. Suchen Sie dann für die Untersuchung der Venen einen anderen Arzt auf!

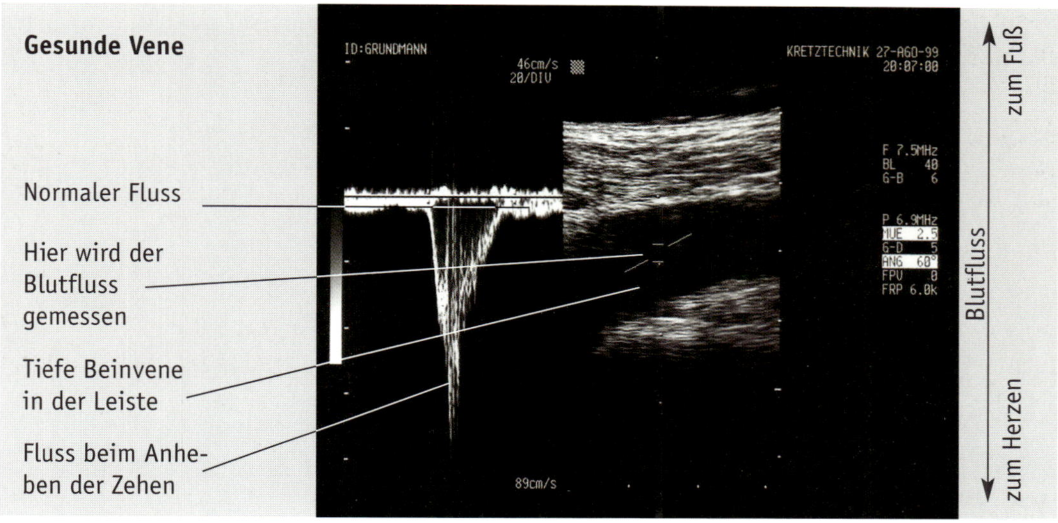

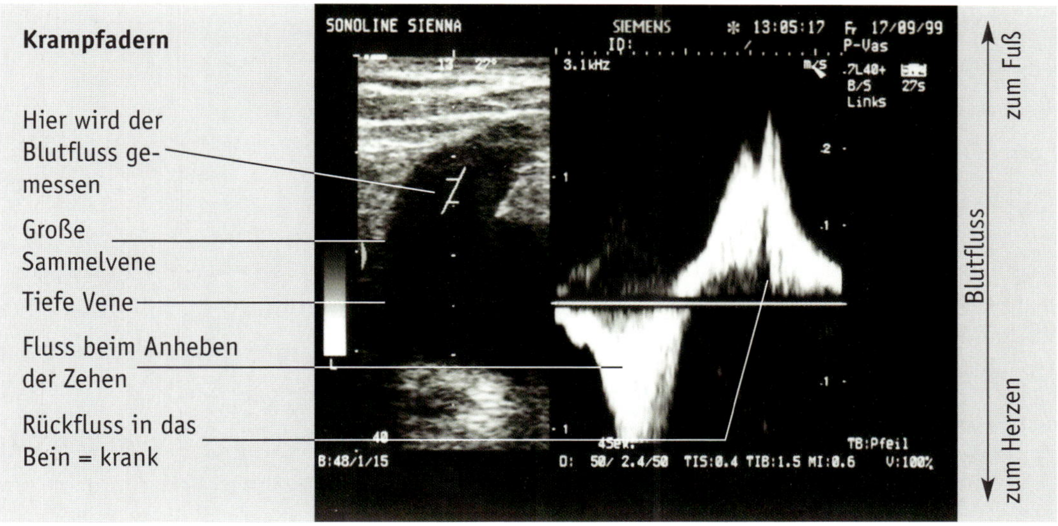

Bei der gesunden Vene fließt das Blut beim Anheben der Zehen verstärkt zum Herzen, bei Ruhestellung der Zehen ist der Fluss normal. Auch bei der Krampfader fließt das Blut beim Anheben der Zehen verstärkt zum Herzen, danach aber findet ein starker Rückfluss ins Bein statt.

Achten Sie jedoch stets darauf, dass Ihr Arzt auch das andere gesunde Bein mit dieser Methode untersucht, um festzustellen, ob es ebenfalls betroffen ist.

HELFEN, HEILEN UND BEHANDELN

Arzt – Patient

Venenerkrankungen müssen konsequent behandelt werden. Daher ist eine genaue und vertrauensvolle Zusammenarbeit zwischen Arzt und Patient notwendig.

Bei der Wahl zwischen den verschiedenen zur Verfügung stehenden Behandlungsmöglichkeiten sind einige medizinische Grundprinzipien zu beachten: Im Vergleich zum erwarteten Erfolg muss das Risiko der Behandlung vertretbar sein.
Und: Der Zielzustand, den man durch die Behandlung anstrebt, muss besser sein als der Ausgangszustand.
Vor einer Entscheidung sollten Sie sich mit allen Alternativen auseinandergesetzt haben. Mit Ausnahme von Notfallsituationen (siehe Seite 23) liegt beim Krankheitsbild »Krampfadern« nie Zeitdruck vor. Lassen Sie sich nicht durch Schwarzmalerei einschüchtern und holen Sie bei Bedarf in Ruhe eine zweite Meinung ein.
Es gibt Behandlungsformen, die die Erkrankung lindern, wie die Lymphdrainage oder die Kompression. Andere haben zum

Themen in diesem Kapitel :

Ziel, den Patienten von den Krampfadern zu befreien, wie zum Beispiel die Verödung und diverse Operationen mit und ohne Entfernen der erkrankten Venen. Überlegen Sie gemeinsam mit Ihrem Arzt, was für Sie persönlich das Beste ist.
Sinnvoll ist es, den Arzt vor Beginn einer Behandlung zu fragen, welche Kosten voraussichtlich auf Sie zukommen. Bedenken Sie, dass sie zusätzlich zu den eventuellen Arztkosten auch bei Medikamenten und beim Kompressionsstrumpf einen Eigenanteil zahlen.
In Deutschland ist zum Beispiel die kosmetische Verödung der Besenreiser aus dem Leistungskatalog gestrichen worden, in der Schweiz und in Österreich zahlt sie ohnehin schon lange der Patient.

Kostenvoranschlag

Bitten Sie im Zweifelsfall den Arzt um einen Kostenvoranschlag, den Sie Ihrer Kasse vorlegen können.

86

Alle Therapiemethoden im Vergleich finden Sie im ServiceCenter auf den Seiten 86 – 89

Medikamente

Das Interesse der Pharmaindustrie am Verkauf von Venenmitteln ist verständlich: Es handelt sich um eine der häufigsten Erkrankungen! Das Überangebot und die Werbung mit all ihren Versprechen sollen aber nicht über folgende Tatsachen hinweg täuschen: Es gibt kein Medikament gegen die Krampfadern selbst. Die so genannten Venenmittel behandeln die Begleiterscheinungen der Krampfadern, denen man jedoch auch anders vorbeugen könnte. Ihre Wirkung ist sehr umstritten.

Tabletten und Spritzen

Vor der Einnahme von Tabletten sollten Sie genau lesen, welche Bestandteile in ihnen enthalten sind. Die meisten »Venenmittel« sind Kombinationen aus mehreren Präparaten. Viele Mittel dürfen mit manchen gängigen Medikamenten nicht gemeinsam eingenommen werden. Daher ist es unbedingt notwendig, die Packungsbeilagen genau zu lesen.

Diuretika

Diuretika sind zum Beispiel Furosemid, Hydrochlorothyazid, Mefrusid und Triamteren.

Diuretika

Diuretika oder »Wassertabletten« fördern die Ausscheidung von Flüssigkeit über die Nieren.

Sie wirken nur indirekt auf die Beine: Die gesamte Flüssigkeit im Körper wird verringert, und damit natürlich auch die aus den Beinen. Allerdings senken sie daher auch den Blutdruck und verändern die Zusammensetzung der Blutsalze. Sie sollten nur im Extremfall sporadisch und unter ärztlicher Kontrolle eingenommen werden.

Venotonika

Venotonika sind zum Beispiel Ergotamin und verwandte Substanzen. Für Aescin, Diosmin, Mäusedornextrakt, Zaubernussextrakt, Gingkoextrakt und Rutoside wird diese Wirkung beansprucht, sie konnte noch nicht bewiesen werden.

Venotonika

Venotonika aktivieren die Muskeln in der Venenwand, sodass der Venendurchmesser geringer wird.

Da Arterien viel mehr Muskelzellen haben als Venen, werden sie stärker von diesen Medikamenten beeinflusst – ihre Nebenwirkungen sind Infarkte aller Art, auch Herzinfarkt und Hirninfarkt. Der Einsatz von Venotonika ist aus diesen Gründen heute nicht mehr zu rechtfertigen.

Ödemprotektiva

Diese Medikamente sollen die Wand der Venen undurchlässig machen, damit keine Flüssigkeit austreten kann.
Ihre Wirkung ist fraglich. Wenn sie wirken, sei dahingestellt, ob es gut ist, den Venen die Möglichkeit zu nehmen, ihren Druck in die Umgebung (das Gewebe) abzugeben. Außerdem verliert der Körper dabei ein wichtiges Warnzeichen für Krampfadern, nämlich die Schwellung!

Ödemprotektiva

Ödemprotektiva sind zum Beispiel Diosmin, Aescin, Mäusedornextrakt, Troxerutin, Benzaron, Tribenosid. »Ödemprotektiva« ist ein Kunstwort, kein medizinischer Fachbegriff.

Entzündungshemmer

Entzündungshemmer sind Schmerzmittel, deren Wirkung auf der Entzündungslinderung beruht.
Sie werden bei der oberflächlichen Venenentzündung eingesetzt. Sie können zwar das Gerinsel in der Vene nicht auflösen, vermeiden jedoch die schmerzhafte Entzündung des umgebenden Gewebes.

Entzündungshemmende Präparate

Dazu gehören unter anderem ASS (Acetylsalicylsäure), Ibuprofen und Diclophenac.

Blutverdünner

Blutverdünnende Medikamente hemmen in unterschiedlicher Ausprägung die Bildung von Blutgerinnseln.
Gerinnungshemmer (Cumarine und Heparin) wirken sehr stark gegen Blutgerinnselbildung in den tiefen Venen. Sie werden bei tiefen Beinvenenthrombosen zur Vorbeugung und Behandlung verwendet.
Heparin wird vor allem eingesetzt, um in Risikosituationen einer Blutgerinnselbildung vorzubeugen, zum Beispiel bei Vollnarkosen oder Gipsverbänden oder um bei einem schon bestehenden Blutgerinnsel das Wachsen des Gerinnsels zu vermeiden, beispielsweise bei einer tiefen Beinvenenthrombose. Die Gefahr, spontan schwere Blutungen zu erleiden, besteht bei diesem Medikament in vorbeugender Dosierung (als »Bauchspritze«) nicht. Sollte eine Gerinnungshemmung längerfristig nötig sein, wird auf Cumarin-Tabletten umgestiegen.

Gerinnungshemmer

Das sind starke »Blutverdünner«; Präparate sind unter anderem Cumarine (»Marcumar«, »Falithrom«) und Heparin. Vorbeugende Heparinspritzen sind auch als »Bauchspritzen« bekannt. Sie werden in der Regel einmal täglich gespritzt.

Gerinnungshemmung durch Tabletten

Wer Gerinnungshemmer einnimmt, erhält einen »Pass«, in dem jeder behandelnde Arzt, zum Beispiel der Zahnarzt, auf die verlängerte Blutungszeit hingewiesen wird.

Heparine können einen Abfall der Blutplättchen verursachen. Daher sollte man regelmäßige Kontrollen des Blutbildes durchführen lassen. In seltenen Fällen kann Heparin eine schwere Blutgerinnungsstörung hervorrufen.
Aggregationshemmer, wie zum Beispiel Acetylsalicylsäure (ASS, Aspirin) oder Ticlopidin hemmen die Funktion der Blutplättchen.

Salben

Am häufigsten greifen die Patienten zu Salben, um ihre Beschwerden zu lindern. Dabei ist nachgewiesen, dass die meisten Wirkstoffe, zum Beispiel Heparin, nicht über die Haut aufgenommen werden. Viele Salben enthalten zur Kühlung alkoholische Zusätze, die die Haut austrocknen, was gerade bei Krampfadern sehr ungünstig ist. Trockene Haut ist anfälliger für Risse, damit kann der Anfang für ein offenes Bein gemacht werden.
Unbestritten ist jedoch, dass die Patienten nach dem Auftragen der Gels und Salben Linderung verspüren – allerdings ist diese Wirkung eher auf das Massieren und die Kühlung durch die Trägersubstanz zurückzuführen. Sehr viel günstiger und auch mit weniger Risiken verbunden ist das Einreiben der Haut mit gewöhnlichen, unparfümierten Fettsalben oder Hautcremes. Um die angenehme Kühlung zu erzielen, können sie im Kühlschrank gelagert werden.

Allergien

Viele Medikamente, insbesondere Antibiotika, rufen Allergien hervor, wenn sie auf die Haut aufgetragen werden.

Sehr viele der Salben für Venenkranke enthalten außerdem Cortison oder Antibiotika. Cortison lindert zwar kurzfristig den Juckreiz, es bewirkt jedoch eine Abwehrschwäche gegen Keime und langfristig eine Verdünnung der Haut.
Antibiotika werden zur Behandlung einer Infektion eingesetzt. Auch die gesunde Haut ist mit Keimen besiedelt. Ein Wundabstrich bei offenem Bein wird immer Keime enthalten. Antibiotika sind nötig, wenn Eiter oder eine Durchsetzung des Gewe-

84

Rezepturen und Empfehlungen für Salben finden Sie im ServiceCenter auf Seite 84.

bes mit Keimen (hellrote Färbung) vorliegen. Dann sollten sie allerdings als Tabletten eingenommen oder gespritzt werden, damit sie auch sicher alle Gewebeschichten erreichen.
Generell gilt: Auch Salben haben keinen Einfluss auf Krampfadern. Die meisten Substanzen werden nicht effektiv aufgenommen und können zudem Allergien verursachen.
»Vorbeugende« Antibiotika bei offenem Bein bringen keinen Nutzen. Ihre Nachteile sind Allergien und die Züchtung widerstandsfähiger Keime.

EMPFEHLENSWERTE SALBEN UND CREMES

Hautzustand	Cremes/Salben
Krampfadern ohne Hautwunden, schwere Beine, trockene Haut	Salben ohne Duftstoffe und Medikamente, zum Beispiel Unguentum emulsificans aquosum N sine conservante SR (in der Apotheke ohne Rezept erhältlich) Alternative bei einer Allergie auf Wollwachs: weiße Vaseline
stark schuppige Haut	weiße Vaseline
Juckreiz, stark schuppige Haut	Cremes mit Harnstoffzusatz
Offenes Bein ohne Eiter	Immer vom Arzt betreuen lassen! Weiße Vaseline auf die Wunde, Zinkpaste auf die Haut ringsherum auftragen. Hydrokolloidverbände

Zinkpaste

Die Feuchtigkeit aus einer nässenden Wunde beschädigt die umgebende Haut. Wenn Sie Zinkpaste um die Wunde herum auftragen, wird die Haut besser geschützt.

Die Behandlung des offenen Beines

Die Versorgung dieser Wunden ist sehr aufwendig und gehört in die Hände von erfahrenen Ärzten. Viele Salben und Puder verursachen Schmerzen im Wundbereich. Empfohlen werden daher Salben, die möglichst wenige Stoffe enthalten. Sollten während der Behandlung neue rote Flecken auftreten, teilen

Sie dies sofort Ihrem Arzt mit – es könnte sich um eine Allergie handeln! Stark schmerzende Wunden am Knöchel können arterielle Ursachen haben.
Grundsätzlich gilt: Eine Wundversorgung ohne Kompression ist bei einem durch Krampfadern entstandenen offenen Bein nicht sinnvoll.
Eine gute Neuerung in der Wundversorgung bei offenem Bein ist der Hydrokolloidverband. Er fördert das Abstoßen toter Zellen und das Wachstum von gesundem Gewebe. Manchmal wird die Wunde zunächst größer und ist mit übel riechendem Gel belegt. Dies ist ein Zeichen der Wundreinigung. Der Verband wird nur ein- bis zweimal in der Woche gewechselt. Das Entfernen des Verbandes ist schmerzfrei.

Hydrokolloidverband

Er ist teurer als das herkömmliche Wundpflaster, wird aber seltener gewechselt und führt zu guten Heilerfolgen.

Lymphdrainagen

Lymphdrainagen dienen dazu, im Gewebe angestaute Flüssigkeit zu beseitigen und den Abtransport belastender Stoffe zu beschleunigen (siehe auch Seiten 9 und 18).

Manuelle Lymphdrainage

Die manuelle Lymphdrainage nach Vodder ist eine Spezialmassage. Sie wird von Krankengymnasten und Masseuren mit einer Zusatzausbildung angewendet. Bei dieser Behandlung werden die Lymphgefäße mit ganz zarten Streichbewegungen zum Abtransport der Wassereinlagerungen angeregt. Die Massage beginnt am Körperstamm (Bauch) und wird zu den Füßen hin fortgeführt. Sie ist angenehm und bringt deutliche Erleichterung, wenn Stauungsbeschwerden, Schweregefühl und Spannung in den Beinen bestehen. Wird sie konsequent eingesetzt, kann sie helfen, langfristige Gewebeschäden zu vermeiden.

Die Lymphdrainage eignet sich in folgenden Situationen:

- in Verbindung mit der Kompression (siehe Seite 40ff.) als endgültige Behandlung der Schwellungen, wenn eine Operation nicht erwünscht ist oder sich aus medizinischen Gründen verbietet
- als Vor- und Nachbehandlung bei Operationen

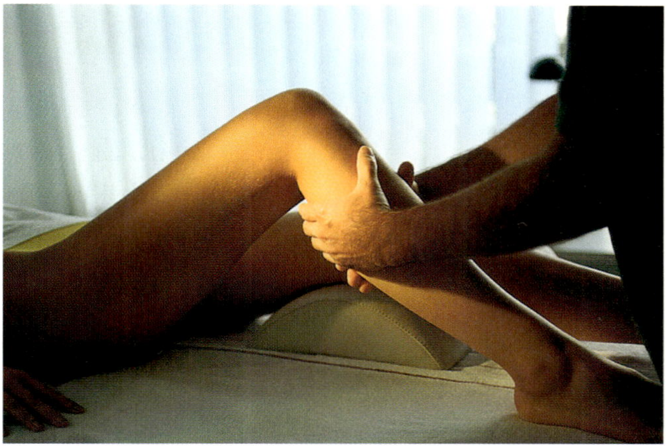

Lymphdrainage

Die Lymphdrainage darf bei Entzündungen an den Beinen, schwerer Herz- oder Nierenerkrankung und frischer Thrombose der tiefen Venen nicht angewendet werden.

Lymphdrainage mit Apparaten

Es gibt Geräte, die die manuelle Therapie ersetzen sollen. Sie bestehen aus einer großen Druckmanschette mit mehreren Kammern, die um das Bein gelegt wird. Zunächst entsteht der Druck in der Fußkammer, dann um den Knöchel, die Wade und immer weiter aufsteigend. Wenn der Druck in der gesamten Manschette aufgebaut ist, hält er eine Weile an und entspannt sich anschließend wieder von oben nach unten. Das Bein wird sozusagen mechanisch leer gepresst. Oft sind die Druckkammern zeitlich nicht richtig abgestimmt und viele Patienten berichten, dass die Behandlung unangenehm ist. Jeder Patient, der einmal mittels manueller Lymphdrainage behandelt wurde, wird schnell verstehen, dass eine so sanfte Behandlung nicht durch eine Maschine ersetzt werden kann. Der Druck vermag zwar die Venen zu entleeren, jedoch werden die Lymphbahnen eher behindert als angeregt.

Kosten der Lymphdrainage

Die sehr hilfreiche manuelle Lymphdrainage wird aufgrund der Einsparungen der Krankenkassen in Deutschland nur noch sehr selten verschrieben. Immer mehr Krankengymnasten und Massagepraxen bieten aber Sonderpreise, wenn die Patienten die Behandlung privat zahlen.

Kompressionsbehandlung

Wirkung der Kompression

Die Kompression heilt nicht die Krampfadern, sie verzögert aber deren Fortschreiten und verringert die Folgezustände, wie Schwellunge und Hautveränderungen.

Die Kompression, das heißt die Anwendung von äußerem Druck, ist die wichtigste Zusatzbehandlung des Krampfaderleidens, die auch als alleinige Therapie lebenslang durchgeführt werden kann. Sie lindert die Beschwerden, die Krampfadern hervorrufen.

Verwendet werden Binden oder medizinische Kompressionsstrümpfe, die sehr genau angepasst werden müssen. Beide bewirken durch den Druck, den sie von außen auf das Bein ausüben, dass nur wenig Blut in die Krampfadern eintritt und sich keine Flüssigkeit im Gewebe ansammelt. Sie werden morgens vor dem Aufstehen angelegt, damit sich die Venen gar nicht erst füllen können.

Die Venen werden durch die Kompression positiv beeinflusst, weil eine Überladung vermieden wird. Das Fortschreiten der Erkrankung wird unterbrochen. Es gibt keinen negativen Gewöhnungseffekt.

Keine Schwächung der Beinmuskeln

Die Kompression schwächt nicht die Muskeln des Beines. Die Beinmuskeln tragen das Körpergewicht und werden dabei nicht durch den Strumpf entlastet.

Die Kompression ist als endgültige Behandlungsmethode geeignet, manchmal in Verbindung mit der manuellen Lymphdrainage, wenn der Patient keine Operation wünscht oder diese sich aus medizinischen Gründen verbietet.

Die Kompression ist unentbehrlicher Bestandteil der Vor- und Nachbehandlung bei Operationen und Verödungen. Nach erfolgreicher Heilung der Krampfadern ist die Kompressionstherapie nicht mehr nötig.

Es gibt jedoch auch Situationen, in denen keine Kompression angewendet werden darf. Es handelt sich in erster Linie um arterielle Durchblutungsstörungen im Bein. Bei diesen Patienten fließt das Blut in den Arterien nicht mehr mit ausreichendem Druck. Kommt ein zusätzlicher Druck von außen hinzu, verschlechtert sich die arterielle Versorgung. Es kommt zu

Gewebeschädigungen und kann sogar den Verlust des Beines bedeuten. Deshalb muss Ihr Arzt vor Verordnung einer Kompression eine arterielle Durchblutungsstörung bei Ihnen ausschließen.

Daher muss auch eine Kompression, die Schmerzen verursacht, umgehend entfernt werden. Bei Nervenschäden entfällt dieses wichtige Warnzeichen. Darum muss bei diesen Patienten der Zustand des Gewebes regelmäßig kontrolliert werden.

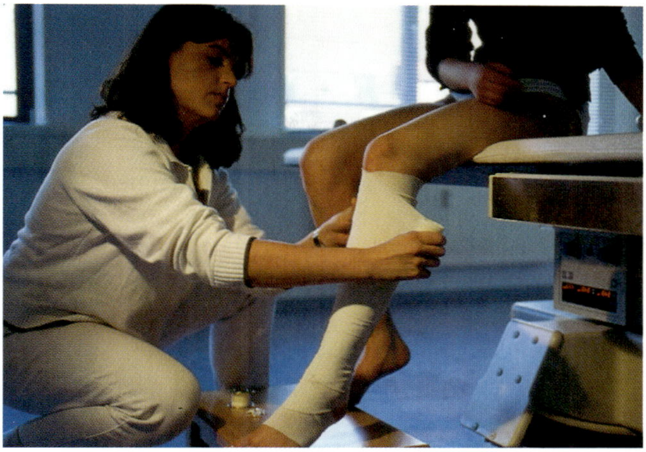

Wickeln ist eine gute Methode, die Beine zum Abschwellen zu bringen. Dann können Kompressionsstrümpfe angepasst werden, die den Dauererfolg sichern.

Gelegentlich kommt es bei schwerer Herzschwäche unter Kompression zu Luftnot, weil plötzlich weniger Blut die Krampfadern füllt und mehr Blut im Kreislauf präsent ist. Das kann das geschwächte Herz überfordern. Man kann dann schrittweise vorgehen und trägt zum Beispiel zunächst nur an einem Bein einen Strumpf. Nachdem sich der Kreislauf an den neuen Zustand gewöhnt hat, kann man auch am anderen Bein einen Kompressionsstrumpf tragen. Eine weitere Gegenanzeige stellt eine akute Entzündung im Bein dar.

Binden

Langzugbinden haben einen hohen Ruhedruck und werden bei bettlägerigen Patienten verwendet. Kurzzugbinden sind für mobile Patienten vorgesehen.

Wickeln der Beine

Das Wickeln der Beine mit elastischen Binden erfordert Erfahrung. Die Bandagen verrutschen leicht und erzielen dann genau das Gegenteil des erwünschten Effektes: Die Kompression erfolgt ungleichmäßig, häufig entstehen in oberen Bereichen Einschnürungen, sodass der Abfluss des Blutes aus dem Bein behindert wird. Verrutschen die Bandagen, müssen sie erneut angelegt werden. Grundsätzlich sollte man deshalbBandagen nicht selbst anlegen. Ein gut angepasster Kompressionsstrumpf ist den Bandagen immer vorzuziehen.

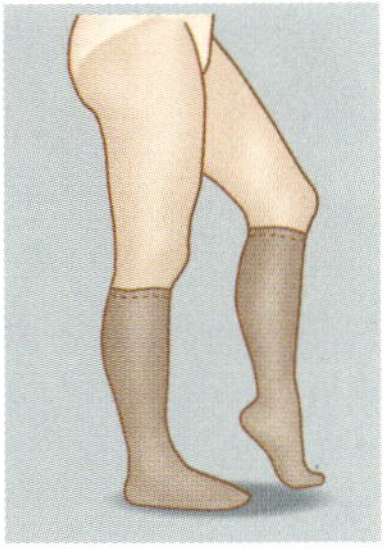

Wadenstrumpf

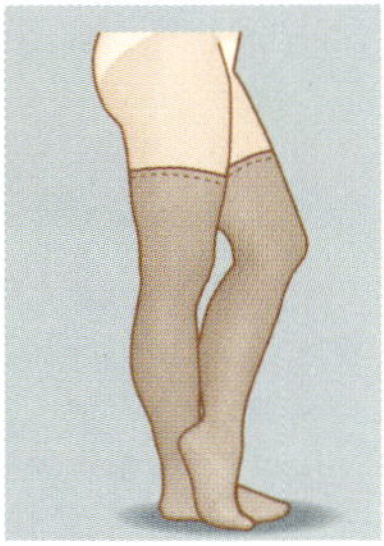

Halbschenkel-
strumpf

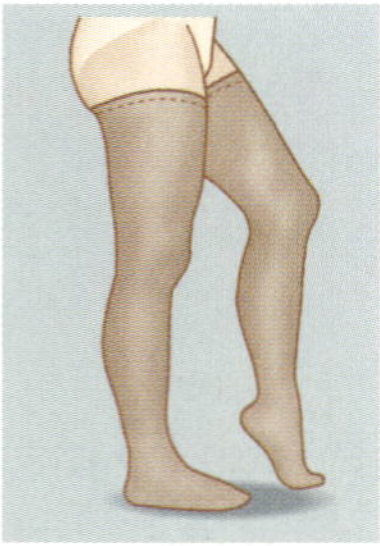

Schenkelstrumpf

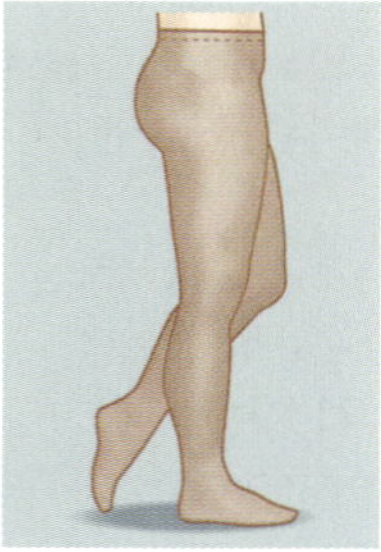

Strumphosen mit
Kompression bis
zur Taille

Kompressionsstrümpfe

Sie müssen grundsätzlich im Fachhandel angepasst werden. Bei jedem Patienten werden Umfang und Länge der Beine im Stehen abgemessen. Erst dann kann der passende Kompressionsstrumpf ausgesucht werden. Das Abmessen der Beine im Sanitätshaus ist eine Selbstverständlichkeit und bedarf keines gesonderten Hinweises auf dem Rezept.

Ein schlecht sitzender Strumpf kann Schaden anrichten. Die Hersteller haben jedoch eine große Palette an Konfektionsmaßen auf den Markt gebracht, sodass in der Regel für jeden Patienten eine Konfektionsgröße passt.

Eine Serienanfertigung ist, wenn möglich, einer Maßanfertigung vorzuziehen. Der Druck nimmt bei Serienanfertigungen immer von unten nach oben ab. Maßanfertigungen nach falschen Vorgaben können oben enger sitzen. Das kann Venenentzündungen zur Folge haben. Der Kompressionsstrumpf sollte so hoch reichen, dass der oberste Rückflusspunkt mit komprimiert wird. Daher ist in den allermeisten Fällen eine Strumpfhose oder ein Oberschenkelstrumpf notwendig, auch wenn nur am Unterschenkel Krampfadern sichtbar sind.

Manche Patienten lehnen eine Kompressionsstrumpfhose oder einen Oberschenkelstrumpf ab. Liegen am Oberschenkel Krampfadern vor, kann ein Kompressionskniestrumpf schädlich sein. Der Patient sollte also auf jeden Fall wissen, dass er bei der Wahl eines Kniestrumpfes eventuell auf eine optimale Versorgung verzichtet.

Es gibt auch Kompressionsstrumpfhosen für nur ein Bein. Sie sehen aus wie eine normale Kompressionsstrumpfhose, bei der das andere Bein abgeschnitten wurde. Bestehen Sie auf dieser Sonderform, wenn Sie nur an einem Bein Krampfadern haben!

Oftmals wird von einer Kompressionsbehandlung abgesehen, weil der Patient sich aufgrund hohen Alters, allgemeiner Schwäche oder schmerzhafter Erkrankungen in den Fingern nicht in der Lage sieht, die Strümpfe allein anzulegen. Leider handelt es sich meistens um Patienten, die aus denselben Gründen auch von einer Operation absehen und deren Krampfadern dann gar nicht behandelt werden. Ihre Lebensqualität leidet darunter. Es sollte alles darangesetzt werden, ihnen möglichst gut zu helfen.

Im Sanitätsfachhandel werden Sie zu den vorhandenen Anziehhilfen kompetent beraten. Es gibt vier verschiedene Kompressionsklassen (KKl), die in römischen Ziffern von I bis IV ausgedrückt werden. Sie sind nicht zu verwechseln mit der Bezeichnung »DEN«, die die Fadenstärke beschreibt. Die Kompressionsstärke wird in Millimeter Quecksilbersäule gemessen (m/ H), wie auch unserer Blutdruck. Die bei Krampfadern am häufigsten verwendete Kompression ist die Klasse II.

Die Krankenkassen zahlen zwei Paar Strümpfe im Jahr, damit Sie immer ein Paar waschen können, während Sie das andere tragen. Bei ordnungsgemäßem Gebrauch, insbesondere regel-

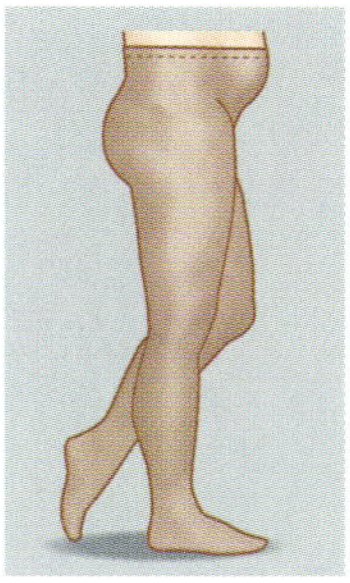

Strumphose für Schwangerschaft

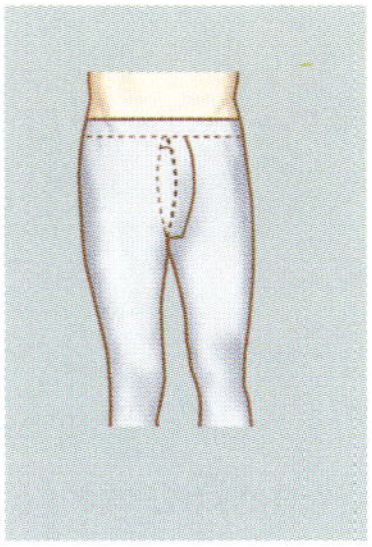

Herrenstrumpfhose mit Längsschlitz im Leibteil

KOMPRESSIONSKLASSEN

KKl	Bezeichnung	Druck (circa)	Anwendung
I	leichte Kompression	bis 20 m/Hg	Sinn fraglich; wird empfohlen zur Vorbeugung und bei Müdigkeitsgefühl in den Beinen nach längerem
II	mittelkräftige Kompression	bis 30 m/Hg	Stehen bei Krampfadern, Beinschwellung, als Therapie und zur Vorbeugung bei einer kleinen unkomplizierten Stauungswunde (offenes Bein), zur Behandlung und Vorbeugung von Venenentzündungen und nach Verödungen und Krampfaderoperationen, solange der Arzt es anordnet
III	kräftige Kompression	bis 40 m/Hg	bei Folgezuständen nach tiefer Beinvenenthrombose oder bei Komplikationen der Krampfadern, wie brauner Verhärtung der Haut, chronisch offenem Bein, schwerer Schwellungsneigung bei
IV	extra kräftige Kompression	bis 60 m/Hg	Lymphödem und vollständiger Zerstörung der Lymphbahnen

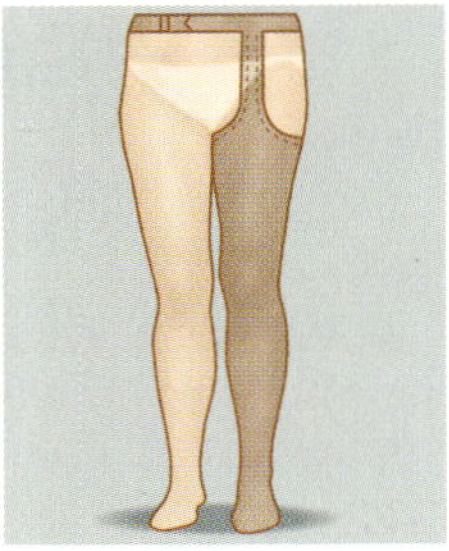

Strumpfhose für ein Bein

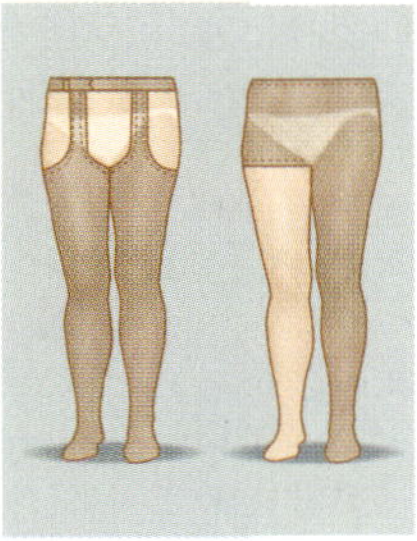

Schenkelstrumpf mit Hüftbefestigung für die ein- oder beidseitige Versorgung

Verschreibung

Kompressionsstrümpfe unterliegen nicht der Budgetierung. Das heißt, Ihr Arzt wird nicht in Regress genommen, wenn er eine gewisse Anzahl an Rezepten überschreitet.

WEITERE STRÜMPFE IM ÜBERBLICK

Bezeichnung	Druck (circa)	Anwendung
Stützstrümpfe aus dem Warenhaus	10 – 20 mm/Hg	Sinn fraglich; wird empfohlen zur Vorbeugung und bei Müdigkeitsgefühl in den Beinen nach längerem Stehen
Antithrombosestrümpfe (weiße Krankenhausstrümpfe)	10 mm/Hg	Vorbeugung der Thrombose beim liegenden Patienten, beim stehenden Patienten völlig unzulänglich

mäßigem Auswaschen, halten diese Strumpfhosen dann auch ein Jahr lang. Sollte jedoch aufgrund von Verschleiß, Maßänderungen oder Kompressionsklassenänderung eine neue Verordnung innerhalb des Jahres nötig werden, erstattet die Kasse den jeweiligen Betrag. Der Patient zahlt 20 Prozent.

Verödung der Venen

Seit vielen Jahren ist die Anwendung von Verödungsmitteln etabliert. Die Substanz wird mit einer dünnen Nadel in die Vene gespritzt. Die Wand wird gereizt, es kommt zu einer Entzündung mit dauerhaftem Verschluss. Diese Behandlungsform eignet sich besonders gut für etwas kräftigere Besenreiser und die so genannten retikulären Krampfadern (siehe Seite 17), da mit der Nadel das Gefäß getroffen werden muss, was bei ganz dünnen Besenreisern schwer ist.

Noch vor 30 Jahren war es üblich, die oberflächlichen Sammelvenen und auch ihre sehr gedehnten Seitenäste zu veröden. Dafür wurde ein Schnitt in Leistennähe gemacht und das Verödungsmittel direkt in die sehr dicken Venen eingespritzt. Von dieser Behandlungsform ist man jedoch abgekommen, da Verödungsmittel in die tiefen Venen gelangte und Venenthrombosen und Lungenembolien zur Folge hatte.

Heute besteht Übereinkunft unter den Ärzten, dass nur kleine Seitenäste und Besenreiser verödet werden. Vorher müssen die oberflächlichen Sammelvenen und deren große Seitenäste untersucht werden. Sind sie krank, kann die Verödung keinen dauerhaften Erfolg haben, da der Rückfluss durch die Krampfadern immer wieder Besenreiser hervorrufen wird. Man kann die Situation ganz plastisch mit einer überlaufenden Badewanne vergleichen: Solange der Wasserhahn läuft, wird die Wanne immer wieder überlaufen.

Bei gesunden oberflächlichen Venen und gleichzeitig vorliegenden Besenreisern stellt die Verödung die einzige Behandlungsform dar. Diese muss jedoch unter kosmetischem Gesichtspunkt gesehen werden und wird nicht von den Kassen übernommen.

Die Verödung erfordert in der Regel mehrere Sitzungen. Sollten jedes Jahr erneut Verödungssitzungen nötig werden, könnten mögliche vorhandene Krampfadern die Ursache sein. Lassen Sie auf jeden Fall regelmäßig die Sammelvenen und deren Seitenäste mit Duplex-Ultraschall (siehe Seite 29ff.) untersuchen.

Eine Verödung darf nicht vorgenommen werden bei arteriellen Durchblutungsstörungen, starken Wassereinlagerungen, Schwangerschaft und schlechtem Allgemeinzustand. Sie kann Allergien hervorrufen. Bei Austritt des Mittels aus den Venen können dauerhafte braune Verfärbungen auftreten und ganze Hautteile absterben.

Nach der ersten Sitzung

Zur Vermeidung unnötiger Störungen empfiehlt es sich, nach der ersten Sitzung vier Wochen zu warten, um die Wirkung der Behandlung zu beobachten und um den Seitenästen Zeit zur Rückbildung zu lassen.

Verödung und Kompression

Die therapeutische Wirkung der Verödung wird unterstützt, wenn der Patient nach der Behandlung tagsüber vier Wochen lang Kompressionsstrümpfe trägt.

Laser

Was ist Laser?

Laser ist ein hoch energiereiches, stark gebündeltes Licht. Es wirkt durch Erhitzung.

Neu und zum Teil noch in der Erprobung ist die Behandlung mit Laser.

Die Lasergeräte wirken durch die Haut und erhitzen das Blut in den kleinen hautnahen Gefäßen, sodass es gerinnt.

Bei dieser Behandlungsform werden keine chemischen Substanzen in den Körper eingebracht. Die Lichtquelle wirkt flächig auf die Haut ein. Alle Besenreiser, die sich in diesem Bereich befinden, werden von ihr erfasst. Sie ist daher bei nahe beieinander liegenden, sehr dünnen und oberflächlichen Besenreisern die Behandlung der Wahl.

Wie oben erwähnt, ist in diesem Fall das Blut selbst das Verödungsmittel. Daher sieht die Vene nach der Lasereinwirkung zunächst braun aus, wie bei einer Venenentzündung. Der gesamte Bereich ist lichtempfindlich. Das kosmetische Ergebnis stellt sich erst nach ein paar Wochen ein. Bei korrekter - Anwendung bestehen keine Risiken für Dauerschäden.

Wie bei der Verödung gilt auch hier, dass zunächst die eventuell vorliegenden Krampfadern behandelt werden müssen.

Lasergeräte

Es gibt viele verschiedene Lasergeräte. Fragen Sie Ihren Arzt, welche Erfahrungen er mit seinem Gerät bei Besenreisern gemacht hat.

Eine Laserbehandlung darf nicht durchgeführt werden bei

VERÖDUNG ODER LASERTHERAPIE

Verödung	Laser
ideal für retikuläre Krampfadern	ideal für kleinste, flächige Besenreiser
für kleinste Besenreiser nur bedingt geeignet	für retikuläre Krampfadern nicht geeignet.
nicht anwenden bei Allergie gegen das Verödungsmittel, nach der Behandlung Venenentzündungen möglich	Vorsicht bei sonnenempfindlicher Haut, anschließend keine Sonnenbäder erlaubt

arteriellen Durchblutungsstörungen, starken Wassereinlagerungen, Schwangerschaft und schlechtem Allgemeinzustand. Vor der Behandlung von empfindlicher Haut sollte der Laserzunächst an einem kleinen Areal getestet werden.
Zwischen zwei Lasersitzungen sollten je vier Wochen verstreichen, um Wirkung und Nebenwirkung abzuwarten.
Die Laserbehandlungen werden generell von den Kassen nicht bezahlt. Es gibt auch keine festgesetzten Beträge, die für Ärzte bindend sind. Fragen Sie daher vor der Behandlung nach den Kosten, um keine bösen Überraschungen zu erleben.

88

In der Tabelle im ServiceCenter auf Seite 88 finden Sie die Hauptmerkmale von Laser im Vergleich mit anderen Behandlungsmethoden.

Operative Eingriffe

Operative Maßnahmen für die Behandlung von Krampfadern haben das Ziel, die Erkrankung vollständig zu beheben.
In den letzten 20 Jahren galten die Bemühungen der Ärzte zunehmend dem Venenerhalt und den immer kleineren Eingriffen. Heute stehen uns deshalb sehr viele Möglichkeiten zur Verfügung.
In Hinblick auf operative Behandlungen ist generell Folgendes zu beachten:

- Krampfadern sind eine chronische Erkrankung. Sie können nach erfolgter Behandlung an anderen Venen erneut auftreten.
- Während einer Schwangerschaft sollte grundsätzlich nicht operiert werden: Die Venen bilden sich oft nach der Entbindung zurück. Außerdem darf während einer Schwangerschaft kein Risiko für das Kind eingegangen werden – und sei es auch noch so gering.
- Besteht ein Kinderwunsch, sollte die vordere Sammelvene in der Leiste nicht entfernt werden. Diese Stelle ist ein natürliches

Sonne meiden

In den ersten Wochen sollte Sonneneinwirkung vermieden werden, da die Haut besonders verbrennungsempfindlich ist.

Ventil während der Schwangerschaft. Wird sie chirurgisch entfernt, können untypische Krampfadern an Schamlippen und Unterbauch entstehen. Diese sind schwierig zu behandeln.

- Arterielle Durchblutungsstörungen müssen behandelt werden, bevor an Krampfadern operiert wird. Die Haut heilt bei diesen Patienten schlecht, jede überflüssige Wunde ist ein Risiko.
- Bei Patienten mit tiefer Beinvenenthrombose in der Vorgeschichte muss vor dem Eingriff ausgeschlossen werden, dass die Krampfadern für den Blutabfluss aus dem Bein benötigt werden.

Offenes Bein

Heutzutage ist es möglich, praktisch jedes offene Bein in einigen Monaten erfolgreich zu behandeln.

Soll bei offenem Bein operiert werden?

Vielerorts besteht die Meinung, Krampfadern können nicht operiert werden, wenn ein offenes Bein vorliegt. Das ist ein großer Irrtum.

Auf der einen Seite hat das Warten, bis die Wunde geheilt ist, hygienische Vorteile, die Gefahr einer Infektion der Operationswunde sinkt.

Auf der anderen Seite heilt das offene Bein nach einer Operation der Krampfadern zuverlässig und sehr viel schneller ab.

Die Wunde sollte so lange behandelt werden, bis sie sauber ist, das heißt keine Eiterungen mehr aufweist, und im Wundgrund rötliche Höckerungen zu sehen sind. Jetzt kann die Operation ohne Bedenken erfolgen. Säubert sich die Wunde jedoch trotz aller Maßnahmen nicht und sind keine Fortschritte zu erkennen, muss beim offenen Bein operiert werden, alles andere wäre Zeitverschwendung.

Die venenerhaltenden Operationen bieten die Möglichkeit, in zwei Schritten zu operieren: zunächst am Oberschenkel, fern von der Wunde; dadurch wird die Gefahr einer Wundinfektion sehr gering gehalten, und dann – wenn nötig – am Unterschenkel, nach dem Abheilen des offenen Beines (siehe Seite 52ff.). Auch bei den Strippingverfahren, dem Herausziehen der Vene (siehe Seite 50), wurden neue Varianten entwickelt, bei denen am Unterschenkel nicht geschnitten werden muss, wie zum Beispiel das Entfernen der Venen mit der Kältesonde und die endoskopische Perforantendissektion (siehe Seite 51). Hier ist das Risiko, Keime in das Bein zu verschleppen, im Vergleich zum klassischen Stripping deutlich vermindert.

Unsicher?

Holen Sie im Zweifelsfall eine zweite Meinung ein.

Operative Maßnahmen mit Entfernung der Venen

Das Herausziehen der Venen (»Stripping«) ist derzeit im deutschsprachigen Raum die am häufigsten angewendete Methode. Im Laufe des vergangenen Jahrhunderts wurden neue diagnostische Möglichkeiten entwickelt und die Kenntnisse der Venenheilkunde verbessert, sodass auch bei den Ärzten, die Venen entfernen, schonendere Techniken erarbeitet wurden. Man ist dazu übergegangen, nur die erkrankten Venen zu entfernen, nicht prinzipiell die ganze Sammelvene, wie das noch in den 80er-Jahren üblich war, und dabei immer kleinere Schritte zu machen.

Wie viel wird entfernt?

Fragen Sie vor der Behandlung den Arzt, wie weit Ihre Sammelvene erkrankt ist und ob er die gesamte Vene oder nur den erkrankten Abschnitt entfernen wird.

Die Strippingmethode nach Babcock

Der amerikanische Arzt Babcock entwickelte zu Anfang des 20. Jahrhunderts eine spezielle Sonde. Mit ihrer Hilfe wird die Krampfader gezogen, ohne das Bein im gesamten Verlauf zu öffnen.

Die Sonde wird am Knöchel eingeführt und in der Sammelvene bis zur Leiste vorgeschoben, wo sie wieder ausgeleitet wird. Durch kleine Schnitte im Bereich der Leiste und des Fußknöchels werden die Venenenden durchtrennt, die Vene wird mit der Sonde verknotet. Anschließend wird die Sonde mitsamt der Vene herausgezogen. Größere Seitenäste werden gesondert entfernt, erkrankte Verbindungsvenen unterbunden.

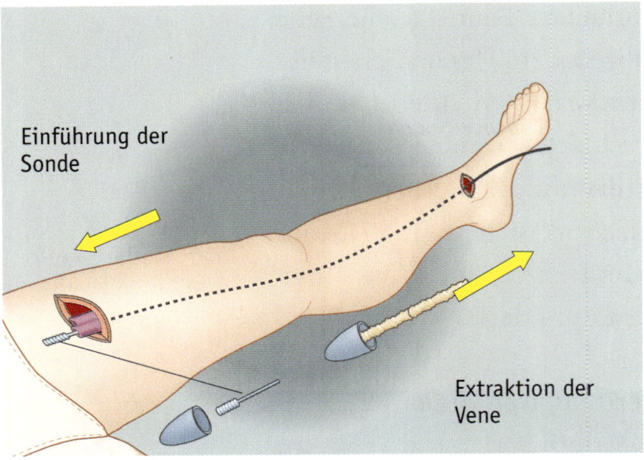

Schematische Darstellung der Stripping-Operation.

Da kleinere Seitenäste und Verbindungsvenen beim Ziehen abreißen, wird das Bein noch auf dem Operationstisch gewickelt, um größere Blutungen zu vermeiden.

Modernisierungen der Methode

Im Laufe der 80er- und 90er-Jahre wurden Varianten der Babcock-Operation eingeführt. Hierzu trugen die Einführung des Ultraschalls und der deutliche Trend zur ambulanten Behandlung bei.

Es ist nur noch selten nötig, die ganze Sammelvene zu entfernen, da sie nur sehr selten über ihre gesamte Länge erkrankt ist. Neuerungen sind die Häkeltechnik, das »Endo-Stripping«, die endoskopische Perforantendissektion und die Kryochirurgie.

Kleinste Schnitte

Kleinste Schnitte sollten heute eine Selbstverständlichkeit in der Krampfaderchirurgie darstellen.

Die *Häkeltechnik* eignet sich für Seitenäste, nicht für die Sammelvenen. Über kleine Stiche werden erkrankte Seitenäste Stück für Stück mit einem Häkchen entfernt.

Diese Technik ist nicht mit der venenerhaltenden Operation CHIVA zu verwechseln (siehe Seite 54ff.), bei der auch »gehäkelt« wird, die Venen jedoch nicht entfernt werden. Sie können die beide Methoden unterscheiden, wenn Sie fragen, ob bei der Operation die Venen entfernt oder im Bein belassen werden.

Genaue Diagnose

Die diagnostischen Möglichkeiten, insbesondere die Duplex. Untersuchung (siehe Seite 29f.), ermöglichen es, ganz genau zu beurteilen, welche Venenteile krank sind.

Beim *Endo-Stripping* wird die Vene nicht mithilfe eines abgerundeten Köpfchens herausgezogen, sondern beim Ziehen in sich eingestülpt. Dadurch entstehen weniger Verletzungen der Umgebung.

Die *endoskopische Perforantendissektion* kommt bei Patienten mit starken Hautveränderungen am Unterschenkel zum Einsatz, wenn die Verbindungsvenen erkrankt sind. Durch einen Schnitt kurz unterhalb des Knies wird zunächst ein Sichtrohr in die tieferen Schichten des Beines vorgeschoben.

Mit langen Instrumenten werden die Verbindungsvenen unterbrochen. Es ist also nur ein Hautschnitt erforderlich, jedoch wird in der Tiefe eine große Wundhöhle geschaffen. Der Begriff »minimal invasiv (eindringend)« trifft für diese Methode nicht zu! Meist wird diese Technik in Zusammenhang mit dem Stripping angewendet.

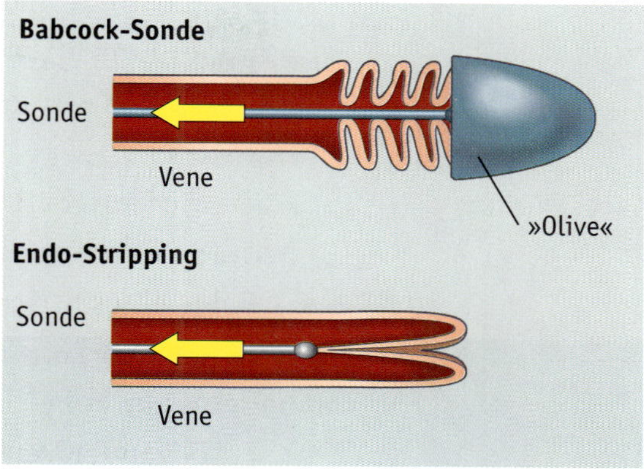

Strippingmethode nach Babcock (oben): Die Krampfader wird zusammengepresst undherausgezogen. Endo-Stripping (unten): Die Krampfader wird am Ende verknotet, dann nach innen gestülpt und herausgezogen.

Zunächst wird die endoskopische Perforantendissektion in Blutleere des Beines durchgeführt.

Dabei wird das Blut durch sehr starke Wickel aus dem Bein gepresst. Anschließend vermeidet eine Druckmanschette am Oberschenkel erneutes Eintreten von Blut in das Bein. Diese Technik schädigt jedoch das Gewebe. Moderne Kliniken verzichten auf diese Maßnahme, da sich gezeigt hat, dass sie kaum Vorteile bringt. Fragen Sie Ihren Arzt vor der Behandlung, ob er mit oder ohne Blutleere operiert!

Die Behandlung erfolgt in Voll- oder Rückenmarksnarkose.

Bei der *Kryochirurgie* (Kältechirurgie) wird eine Sonde in die Sammelvene eingeführt und dann mit flüssigem Stickstoff weit unter den Gefrierpunkt abgekühlt. Die Vene verklebt mit der Sonde, beide können zusammen herausgezogen werden. Ein Schnitt am Knöchel ist nicht erforderlich. Die Methode hat den Nachteil, dass sie nur bei geradlinig verlaufender Krampfader gelingt. Für Seitenäste ist sie nicht geeignet. Es ist bis heute wissenschaftlich nicht nachgewiesen, inwiefern das Abkühlen dauerhafte Begleitverletzungen am umliegenden Gewebe hervorruft.

Komplikationen der Strippingmethode

Bei allen Patienten treten im Unterhautgewebe Blutungen auf, auch Hämatome genannt. Die meisten Patienten benötigen nach dem Eingriff mehrfach Schmerzmittel. In bis zu 20 Prozent der Fälle werden Verletzungen von kleinen Hautnerven beschrieben.

Taubheitsgefühl

Die Beschädigung von Hautnerven hat Taubheitsgefühl, meist am Innenknöchel, zur Folge.

Häufig werden die Lymphgefäße, die als feines Geflecht rund um die Sammelvenen verlaufen, mit entfernt. Daher kann es in der Folge eines Strippings zur Überlastung der verbleibenden Lymphbahnen kommen. Das hat die Entwicklung eines Lymphödems zur Folge.

Bei vorliegender Venenentzündung wurde während des Strippings schon eine Lungenembolie verursacht, weil ein Blutgerinnsel aus der oberflächlichen Vene beim Zurückziehen der Sonde in die tiefen Venen gequetscht wurde. Wenn Sie unter einer Venenentzündung leiden, sollte man die Operation verschieben.

Da bei einer Vollnarkose, Rückenmarksnarkose und ausgedehnter örtlicher Betäubung die Muskeln des Beines lahm gelegt sind, besteht darüber hinaus das Risiko einer Thrombose. Deswegen ist für einige Tage nach der Operation sehr oft Heparin nötig (Bauchspritzen).

Operative Maßnahmen ohne Entfernen der Venen

Erhalt von Organen

Die Entwicklung in der modernen Medizin fordert auf allen Gebieten den Erhalt der menschlichen Organe, möglichst auch ihrer Funktionen.

Die Entwicklung des Duplex-Ultraschalls im späten 20. Jahrhundert weckte erneut das wissenschaftliche Interesse für die Erkrankung Krampfadern. Endlich existierte ein Instrument, mit dem die Vorgänge in gesunden und kranken Venen erforscht werden konnten. Wissenschaftler begannen nach Möglichkeiten zu suchen, das erkrankte Organ nicht einfach zu entfernen, sondern es zu heilen. Fieberhaft wird immer noch nach der eigentlichen Ursache der Entstehung von Krampfadern gesucht. Das letzte Wort zur Erkrankung Krampfadern ist noch lange nicht gesprochen, aber jetzt werden die Mediziner sich allmählich darüber klar, dass sie die Funktion der Venen, die sie immer als untauglich entfernt haben, eigentlich gar nicht verstanden hatten.

Der rumänische Arzt Dr. Popa untersucht den Zusammenfluss der oberflächlichen und tiefen Venen in der Leiste, dort verlaufender Nerven und den Winkel beider Venen zueinander. Eine internationale Arbeitsgruppe an der Universität Ferrara, Italien, forscht unter Leitung von Professor Zamboni an einem Botenstoff aus der Venenwand, der bei turbulentem Blutfluss eine Dehnung der Vene verursacht. Dieser Weg verspricht, die wirklichen Ursachen der Erkrankung zu verstehen und eventuell in der Zukunft eine Behandlungsform zu finden, mit der man der Krampfaderentwicklung vorbeugen beziehungsweise den bisher unaufhaltsamen Verlauf stoppen könnte.

In den USA wurde eine Wärmesonde entwickelt. Hitze bewirkt bei den Bindegewebsfasern in der Venenwand einen Verlust der elastischen Eigenschaften und eine dauerhafte Verkürzung. Die Sonde wird in die Sammelvene eingeschoben und verursacht bei Erwärmung auf 75 °C eine Schrumpfung des Venendurchmessers, die Venenklappen schließen dann wieder.

Wärmesonde

Die Wärmesonde kann bisher nur auf die Sammelvenen angesetzt werden. Bei Erwärmung auf 85 °C verschließt die Vene sich dauerhaft, wie beim Veröden. Dann geht die Funktion der Vene verloren.

Die beiden einzigen organ- und funktionserhaltenden Verfahren, die bisher in Europa mit Langzeituntersuchungen als gültig bestätigt wurden, sind die externe Valvuloplastie und die CHIVA-Methode.

Beide werden an namhaften Universitäten praktiziert und gelehrt. Studien haben gezeigt, dass nach fünf Jahren 92 Prozent der behandelten Venen gesund und funktionstüchtig waren.

Externe Valvuloplastie

Externe Valvuloplastie heißt so viel wie »Umformung der Klappe von außen«. Ziel der Methode ist es, die Klappe zwischen oberflächlicher und tiefer Vene in der Leiste, eventuell auch an

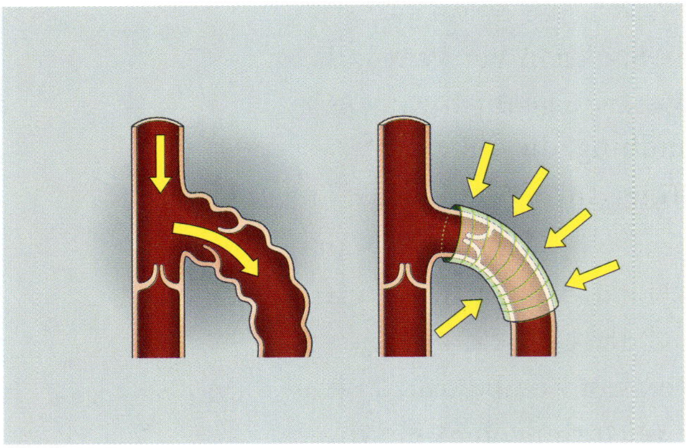

Klappen vor und nach der Valvuloplastie

anderen Stellen, wieder zum Schließen zu bringen. In Krampfadern sind meistens die Klappen selbst nicht defekt, sondern sie reichen nicht aus, die gedehnte Vene zu verschließen, weil sich die Klappensegel nicht mehr in der Mitte treffen.

Bei der Operation wird der Zusammenfluss der oberflächlichen Sammelvene und der tiefen Beinvene in der Leiste in örtlicher Betäubung freigelegt. Um die letzte Strecke der oberflächlichen Vene wird eine Manschette aus Kunststoff gelegt und die Vene etwas zusammengeschnürt. Sie kann sich nicht mehr dehnen und die Klappen schließen wieder. Die Venen bilden sich im Laufe von einigen Wochen auf ihren ursprünglichen Durchmesser zurück.

Der Nachteil der externen Valvuloplastie ist jedoch, dass dauerhaft ein Fremdkörper in das Bein eingeführt wird, der gelegentlich eine Infektion hervorrufen kann. In den Wochen nach dem Eingriff können außerdem Venenentzündungen auftreten.

Die CHIVA-Methode

Der CHIVA-Methode liegt das Verständnis um die Flussregeln des Blutes in den Krampfadern zugrunde. Nur die intensive Beschäftigung mit diesen Regeln ermöglicht ihre Anwendung. CHIVA ist die französische Abkürzung für ambulante, blutflusskorrigierende Behandlung der Krampfadern. Der französische Arzt Claude Franceschi ging von der Beobachtung aus, dass Krampfadern im Liegen oft nicht mehr sichtbar sind, dass sogar Besenreiser und Blauverfärbungen an den Knöcheln, die im Stehen deutlich hervortreten, im Liegen verschwinden. Offensichtlich haben die Venen die Fähigkeit,

Bypass

Die ehemaligen Krampfadern können nach erfolgter CHIVA-Behandlung wieder als Bypass für Herzoperationen oder Arterienverletzungen verwendet werden.

ihren normalen Durchmesser wieder zu erlangen, wenn sie nicht überfüllt sind. Außerdem stellte er fest, dass die Krampfadern vielen gesunden Seitenästen als Abfluss dienen. Er suchte nach einer Behandlung, die ohne Entfernen der Venen ihre Volumenüberlastung im Stehen dauerhaft vermeidet.

Durch den Duplex-Ultraschall war er in der Lage, genau nachzuvollziehen, an welchen Stellen sich die Krampfadern mit so viel Blut füllen – Blut, für das diese Venen nicht vorgesehen sind. Wie auf Seite 10 beschrieben, füllen sich die Krampfadern im Stehen, weil in ihnen Blut zu den Füßen zurückfließt, statt in den tiefen Venen zum Herzen zu fließen. Dabei entsteht ein überflüssiger Kreislauf. Die von Dr. Franceschi entwickelte CHIVA-Methode beruht darauf, diese Kreisläufe, von denen oft mehrere ineinander verschachtelt sind, zu erkennen und ihren jeweils obersten Rückflusspunkt zu unterbrechen. Die Stellen werden in einer sorgfältigen Duplex-Ultraschall-Untersuchung ermittelt, die das Kernstück der Behandlung darstellt. Sie dauert in der Regel 20 bis 60 Minuten und findet unmittelbar vor dem Eingriff statt. Die Rückflusspunkte werden mit einem Filzstift auf der Haut markiert.

Ambulant

Der Eingriff erfolgt ambulant und in örtlicher Betäubung. Sofort nach dem Eingriff kann der Patient wieder gehen.

Für die herkömmlichen Behandlungsmethoden (Stripping, Verödung) werden einem Arzt keine intensiven Kenntnisse über die krankhaften Abläufe in den Venen abverlangt: Gezogen und verödet werden alle oberflächlichen Venen, die wie Krampfadern aussehen. Für die Anwendung der CHIVA-Methode muss jedoch genau bekannt sein, wie die Blutflüsse in den erkrankten Venen zusammenhängen.

Venen bleiben erhalten

Alle erhaltenen Venen bleiben bei dem CHIVA-Eingriff erhalten. Ihr Blut fließt weiterhin wie beim gesunden Menschen über die Sammelvenen ab.

Auf die Ultraschalluntersuchung folgt der verhältnismäßig kleine Eingriff. Über jeder Hautmarkierung wird ein kleiner Schnitt gemacht, die darunter liegende Vene wird mit einem Faden unterfahren und dann zugeknotet. Diese Technik nennen die Mediziner »Unterbindung«. Durch diese Stelle kann

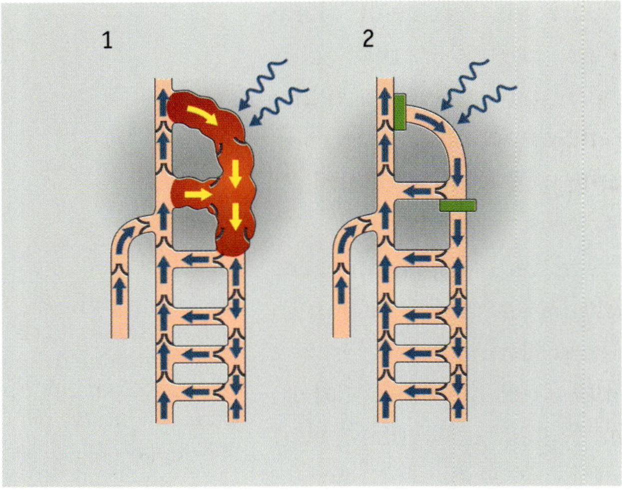

1 Rückfluss in der Leiste und über eine Verbindungsvene aus der tiefen Vene in die vordere Sammelvene.
2 Die grünen Striche zeigen die Unterbindungen an der Leiste und unterhalb der Verbindungsvene. Der Wiederholungskreislauf ist unterbrochen. Wirkung: Umkehrung des Flusses in erkrankten Verbindungsvenen.

kein Blut mehr fließen. Der Wiederholungskreislauf ist unterbrochen. Das Blut aus den vielen gesunden Seitenästen, die in die ehemalige Krampfader einmünden, läuft weiterhin über diese Vene bis zur nächsten Verbindungsvene und dann in das tiefe Venensystem.

Das Blut aus den tiefen Beinvenen kann nach dem CHIVA-Eingriff die oberflächlichen Venen nicht mehr überlasten. Diese werden jedoch weiterhin durchflossen, weil das Blut aus den gesunden Seitenästen über sie abläuft, und haben so die Funktion wie bei gesunden Venen.

Die Krampfadern bilden sich allmählich auf ihren ursprünglichen Durchmesser zurück. Dieser Vorgang dauert zwischen zwei und sechs Wochen. Während dieser Zeit muss der Patient Kompressionsstrümpfe tragen. Der äußere Druck fördert die Rückbildung. Bewegung (spazieren gehen, laufen, Rad fahren, Schwimmen, Gymnastik, Zehenübungen) unterstützt den Vorgang.

Manchmal können bei der ersten Untersuchung nicht alle Kreisläufe erfasst werden. Dann ist nach circa sechs Wochen ein weiterer kleiner Eingriff nötig, um die entsprechenden Unterbindungen nachzuholen.

Eine Behandlung in zwei Schritten ist manchmal sogar sinnvoll: Es gibt Situationen, in denen beim ersten Eingriff nur ein paar Schnitte gemacht werden, da mit der Rückbildung vieler kranker Seitenäste gerechnet werden kann. Nach ein bis zwei Monaten wird entschieden, ob weitere Schnitte überhaupt noch nötig sind. Gelegentlich kann dieses Vorgehen sogar bewirken, dass die Klappe in der Leiste heilt und ein Schnitt an

Rückbildung der Verfärbungen

Braune Verfärbungen am Unterschenkel und offene Stellen bilden sich nach dem Eingriff in zwei bis sechs Monaten zurück.

dieser Stelle vermieden werden kann. Auch bei offenem Bein oder ausgeprägten Hautveränderungen ist ein Vorgehen in zwei Schritten sinnvoll.

Die meisten Patienten benötigen selten Schmerzmittel, sie sind am Tag nach dem Eingriff wieder arbeitsfähig. Lediglich von schwerem Gewichtheben sollte innerhalb der ersten Wochen abgesehen werden.

15 bis 20 Prozent der Patienten entwickeln nach dem Eingriff eine vorübergehende Venenentzündung. Sie kann jedoch mit entzündungshemmenden Mitteln behandelt werden, sollte sie Schmerzen bereiten. Es handelt sich um eine harmlose Komplikation, die ohne Folgen abheilt.

Sofort beschwerdefrei!

Die Venen bilden sich langsam zurück, die Krampfaderbeschwerden sind jedoch schlagartig am Tag des Eingriffes vorbei.

Gelegentlich kann der Eingriff an der Leiste nicht in örtlicher Betäubung durchgeführt werden, zum Beispiel, wenn der Zusammenfluss beider Venensysteme sehr tief liegt oder wenn der Patient mehrfach an der Leiste voroperiert wurde. Dann wird der Eingriff in Narkose durchgeführt. Dies ist jedoch nur sehr selten der Fall.

Im Grunde genommen ist CHIVA keine neue Behandlungsmethode. Namhafte Ärzte schrieben schon zu Ende des 19. Jahrhunderts über die Unterbindung der oberflächlichen Venen und die darauf folgende Rückbildung der Krampfadern. Es fehlte diesen Ärzten jedoch das wichtige Instrument der Duplex-Ultraschalluntersuchung. Mit ihr konnte nach 100 Jahren die begründete Forderung nach Organ- und Funktionserhalt erfüllt werden. Die Duplex-Ultrasonographie hat es ermöglicht, eine alte Idee auf wissenschaftliches Niveau zu heben. Das Ergebnis heißt CHIVA.

Frühere CHIVA-Behandlung

Der deutsche Arzt Trendelenburg wandte bereits 1890 das CHIVA-Prinzip mit Erfolg an. Er konnte die Methode nicht weiter ausbauen, weil er keine feinen Untersuchungsmethoden hatte.

Körpergefühl

Allen naturheilkundlichen Verfahren gemeinsam ist die Pflege des Körpers und eine gesunde Lebenseinstellung. Sie fördern das Verantwortungsgefühl für den Körper. Probieren Sie selbst aus, bei welchen naturheilkundlichen Anwendungen Sie sich am besten fühlen!

Naturheilkundliche Verfahren

Die Erkrankung »Krampfadern« ist häufig und schon seit Jahrhunderten bekannt. Daher gibt es unzählige Verfahren auch aus der Naturheilkunde, die die Beschwerden lindern sollen. Wissenschaftlich ist ihre Wirksamkeit nicht bewiesen. Sie dürfen deshalb nicht als alleinige Maßnahme bei Krampfadern ergriffen, können jedoch unterstützend eingesetzt werden.

Wasseranwendungen nach Kneipp

Pfarrer Kneipp hat mehrere Anwendungsformen entwickelt: Für Venenleiden kommen Wassertreten, Tautreten und kalte Güsse in Frage.

Die Muskelfasern in der Venenwand reagieren auf Temperaturschwankungen. Bei Wärme dehnen sich die Venen, in der Kälte verringert sich ihr Durchmesser. Durch Temperaturveränderungen kann man die Muskeln in der Venenwand sehr gut trainieren. Bei Krampfaderpatienten sollte kaltes Wasser bevorzugt werden und warmes Wasser nur im Wechsel mit kaltem!

Wassertreten und Tautreten regen gleichzeitig die Muskelpumpe im Bein sowie die Muskeln in der Venenwand an und sind daher besonders zu empfehlen. Gleich nach dem Aufstehen gehen Sie fünf Minuten durch taunasses Gras. Liegt im Winter Schnee, können Sie die Zeit verkürzen, brauchen aber auf diese gute Übung nicht zu verzichten. Ideal zum Wassertreten ist der Strand, wo Sie durch das knöcheltiefe kalte Wasser spazieren gehen. Zu Hause können Sie die Wanne mit kaltem Wasser halb füllen und dann auf der Stelle treten. Achten Sie

dabei auf eine rutschfeste Unterlage und bringen Sie einen Griff an der Wand an, damit Sie guten Halt haben!
Besonders anregend ist der Kneippsche Guss. Möchten Sie sich erst langsam eingewöhnen, können Sie mit einem nassen Lappen nur im Unterschenkelbereich beginnen, dann auch den Oberschenkel mit einbeziehen, anschließend auf die Brause umsteigen und schließlich den Wasserschlauch verwenden.

83

Diese Anleitung für einen Kneipp-Guss finden Sie im ServiceCenter auf Seite 83.

Blutegel

Dieser Therapieansatz ist unter den naturheilkundlich tätigen Ärzten beliebt. Er findet seine Anwendung, wenn Gerinnsel sich in den oberflächlichen Venen gebildet haben, also nur bei einer oberflächlichen Venenentzündung.
Blutegel saugen Blut aus den Venen. Dabei setzen sie den Stoff Hirudin frei, der das Gerinnen des Blutes verhindert. Bringt man sie in die Nähe einer entzündeten oberflächlichen Vene, führen sie ihren Rüssel in sie ein, lösen das Gerinnsel auf und saugen sich mit dem Blut voll. Somit ist die Vene entlastet, der Patient verspürt Erleichterung. Allerdings ist die Entzündung der Venenwand nicht geheilt.
Heute werden die Blutegel keimfrei gezüchtet und in den Apotheken mit Herkunftszertifikat versehen. Sie dürfen nur einmal angewendet werden. Sinnvoll ist es, wenn ein erfahrener Arzt die Blutegel an den richtigen Stellen ansetzt. Selten kann sich die Einstichstelle entzünden.

Wichtig!

Die Krankheit Krampfadern kann mit Blutegeln nicht heilen.

Akupressur

In der TraditionellenChinesischen Medizin wird die Akupunktur zur Linderung aller Arten von Krankheiten angewendet. Obwohl die meisten Anwendungen bisher wissenschaftlich nicht belegt wurden, ist die schmerzlindernde Wirkung heute in vielen Bereichen unumstritten. Für den Laien ist die Akupressur besser geeignet, da sie mit dem Finger ohne Nadeln

82

Wirksame Akupressurpunkte finden Sie im ServiceCenter auf Seite 82.

durchgeführt werden kann. Bei der Akupressur werden die traditionellen chinesischen Akupunkturpunkte durch sanften Druck und Streichbewegungen mit dem Finger angeregt.
Es gibt bestimmte Akupressurpunkte zur Linderung von Krampfaderbeschwerden, die Krampfadern selbst werden durch diese Behandlung nicht beeinflusst.

Ernährung

Bei Krampfadern ist es das Wichtigste, einen regelmäßigen und weichen Stuhlgang zu gewährleisten. Ideal hierfür ist eine ballaststoffreiche Ernährung mit viel Gemüse, Schalenfrüchten und Obst. Auch Trennkost soll sich positiv auf die Venen auswirken.

Pflanzen

83

Rezepte für Anwendungen mit Heilpflanzen finden Sie im ServiceCenter auf Seite 83 – 84.

Die äußerliche Anwendung von Pflanzenpräparaten und Pflanzen wird bei Krampfaderleiden empfohlen. Bei offenem Bein oder rissiger Haut sind sie allerdings wegen der hohen Allergiegefahr verboten. Wenn Sie unsicher sind, fragen Sie Ihren Arzt.

Ringelblume (Calendula officinalis)

Sie ist die bekannteste Heilpflanze gegen Krampfadern. Ihre Wirkung wird als entzündungshemmend und abschwellend beschrieben. Eine Salbe aus Ringelblumen wird besonders bei Venenentzündungen empfohlen, kann aber auch bei Schwellung, Schmerzen oder gegen allgemeine Krampfaderbeschwerden verwendet werden. Auch die Anwendung in Form von Tee, als Bad oder Saft ist möglich.

Ringelblume

Arnika (Arnica montana)

Sie darf nur äußerlich verabreicht werden. Ihre Wirkungen sind ähnlich wie die der Ringelblume, also abschwellend und schmerzlindernd; die Ringelblume soll in ihrer Heilkraft der Arnika überlegen sein.

Anika

Beinwell (Symphytum officinale)
Die Blätter des Beinwurz werden bei Krampfadern als Badezusatz empfohlen.

Käsepappelmalve (Malva vulgaris)
Bei Venenentzündungen sollen Beinbäder mit der Käsepappelmalve Linderung bringen.

Rosskastanie (Aesculus hippocastanum)
Extrakte aus den Blättern der Rosskastanie werden bei Durchblutungsstörungen verwendet. Sie sollen die Kapillardurchlässigkeit und damit den Flüssigkeitsübertritt in das umliegende Gewebe herabsetzen, das lokale Ödem verhindern beziehungsweise verringern und gleichzeitig den venösen Rückstrom verbessern.
Zur Unterstützung hilft zusätzlich die Kompressionstherapie (siehe Seite 40ff.).

Quarkumschlag

Quarkumschläge sind ein altes Hausmittel und wirken aufgrund ihrer Kühlung entzündungshemmend und schmerzlindernd.

82

Die Anleitung für einen Quarkumschlag finden Sie im Service-Center auf Seite 82.

LEBEN MIT KRAMPFADERN

75

Es ist nicht erwiesen, ob bestimmte Verhaltensweisen die Entstehung von Krampfadern verhindern können. Das Fortschreiten bestehender Krampfadern kann dagegen positiv beeinflusst werden. Welche Faktoren dabei wichtig sind, erfahren Sie im ServiceCenter auf Seite 75.

Krampfadern gehören zu den häufigsten Erkrankungen in Mitteleuropa. Sie sind ein chronisches Leiden, das heißt, sie entstehen und entwickeln sich über einen längeren Zeitraum hinweg. Dem Laien stehen viele Informationsmöglichkeiten zur Verfügung. Es fällt deshalb schwer, die richtige Auswahl zu treffen, zumal sogar die Aussagen der Ärzte teilweise widersprüchlich sind.

Ein Werk aus vielen Regeln, die den gesamten Tagesablauf beherrschen, wird jeden schnell ermüden. Von manchen Ärzten werden drastische Einschnitte in das Leben gefordert, wie auf den Traumberuf oder eine Schwangerschaft zu verzichten. Das erscheint bei einer Krankheit, die behandelbar und nicht lebensgefährlich ist, absolut wirklichkeitsfremd.

Jeder muss für sich das gesunde Mittelmaß zwischen medizinischen Maßnahmen und gesunder Lebensführung finden.

Themen in diesem Kapitel:

Beruf

Ihr Beruf begleitet Sie das ganze Leben lang. Sie sollen daran Freude haben und sich darin entfalten können.

Unbewegtes Stehen und unbewegtes Sitzen ist unnatürlich. Aber: Wie viele Berufe kennen Sie, die liegend oder laufend ausgeübt werden? Briefträger und Zeitungsjunge ist nicht jedermanns Traumberuf. Deshalb kann der Ratschlag, stehende und sitzende Berufe zu vermeiden, keine große Hilfe bieten. Lassen Sie sich auf keinen Fall wegen Krampfadern von Ihrem Traumberuf abbringen!

Folgende Verhaltensweisen unterstützen die Entstehung und Weiterentwicklung von Krampfadern:

- Längeres Stehen
- Heben von Gewichten
- Anhaltende Hockstellung
- Unbewegtes Sitzen

Diese negativen Faktoren können Sie durch Maßnahmen neutralisieren, die keine Zeit in Anspruch nehmen und zu der Sie Ihre berufliche Tätigkeit nicht unangemessen unterbrechen müssen.

Der Weg zur Arbeit

Die Arbeit beginnt schon auf dem Weg dorthin – gehen Sie zu Fuß oder fahren Sie mit dem Fahrrad. Parken Sie drei Straßen weiter und laufen Sie die restliche Strecke.

Anleitungen für Zwischendurch-Gymnastik stehen auf Seite 90 im Service-Center.

Im Stehen können Sie Ihre Muskelpumpe aktivieren, ohne dass Ihre Mitmenschen es bemerken. Selbstverständlich müssen Sie dabei nicht ständig herumtänzeln oder auf der Stelle treten. Eine wirkungsvolle Form, unbemerkt die Muskelpumpe zu aktivieren, ist das Bewegen der Zehen. Sie können die Zehen sowohl anheben als auch die Zehen »krallen«. Zu Anfang muss man diese Bewegungen bewusst durchführen, im Laufe der Zeit werden sie sicher zur Selbstverständlichkeit.

Üben Sie einen sitzenden Beruf aus, können Sie dieselben Übungen durchführen. Eine Kippeinrichtung unter dem Tisch wie die Pedale einer alten Nähmaschine oder eine weiche Rolle, die Sie mit den Fußsohlen hin und her rollen, sind weitere Maßnahmen. Überlegen Sie, ob Sie nicht noch andere venenfreundliche Tätigkeiten ausführen können, zum Beispiel während Sie telefonieren um den Arbeitstisch herumgehen oder die Beine hochlegen. Lassen Sie Ihrer Fantasie freien Lauf, Sie finden bestimmt etwas Sinnvolles. Zeigen Sie dabei keine Scham, denn viele Ihrer Kollegen haben auch Krampfadern, trauen sich aber nicht, darüber zu sprechen.

Es gibt Berufe, die nur in der Hocke ausgeübt werden können, zum Beispiel Fliesenleger. Es ist auch bei diesen Tätigkeiten möglich, Übungen durchzuführen, die den Arbeitsablauf nicht stören. Ein Teil der Arbeit kann sitzend mit ausgestreckten Beinen ausgeführt werden, denn eigentlich kann ein Mensch nicht länger als einige Minuten in der Hocke verweilen. Das heißt, die Körperhaltung wird ohnehin geändert. Dieser Moment oder eine kurze Arbeitspause kann auch für

Gymnastik unter dem Schreibtisch

Übungen verwendet werden. Wenn Sie bei Ihrer Arbeit Gewichte heben müssen, beachten Sie bitte unbedingt die Hinweise zur richtigen Atmung auf Seite 69.
Sollten Sie einen stehenden Beruf ausüben und schon Krampfadern haben, ist das Tragen von Kompressionsstrümpfen ein »Muss«!

Blutfluss und Bewegung

Lassen Sie sich von Ihrem Arzt bei einer Ultraschalluntersuchung vorführen, wie effektiv das Bewegen der Zehen auf den Blutfluss in den Venen wirkt (siehe auch Abb. Seite 31).

Hormone

Weibliche Hormone bewirken eine Entspannung der Venenwand, sodass sie einen Risikofaktor für Krampfadern darstellen. Zusätzlich erhöhen sie die Thrombosegefahr – direkt über die Gerinnungsfaktoren und indirekt über die Verlangsamung des Blutflusses als Folge der Venenwanddehnung. Diese Thrombosegefährdung wird durch Rauchen zusätzlich außerordentlich erhöht. Daher gilt für die Einnahme von Hormonen sowohl zur Schwangerschaftsverhütung (»Pille«) als auch in den Wechseljahren:

- mit dem Rauchen aufhören
- Hormone nur dann nehmen, wenn es wirklich keine andere Möglichkeit gibt.

Wägen Sie bei der Entscheidung, Hormone zu nehmen, stets den Gewinn, den die Hormone Ihnen bringen sollen, gegen das Risiko, Krampfadern und Thrombosen zu entwickeln, ab.
Die Wahl der Hormone als Empfängnisverhütung ist eine persönliche Entscheidung. Bei Blutungen oder starken Wechseljahrsbeschwerden ist der Sinn der Hormone unbestritten. Bedenken Sie aber, dass zur Osteoporoseprophylaxe andere Medikamente als Hormone an erster Stelle stehen und weniger Nebenwirkungen haben.

Vorsicht bei Einnahme von Hormonen

Bevor Sie Hormone einnehmen, lassen Sie sich nicht nur vom Frauenarzt, sondern auch vom Hausarzt, bei Krampfadern auch vom Gefäßchirurgen, Angiologen oder Phlebologen beraten.

Schwangerschaft

Thrombosegefahr

Lassen Sie, nötigenfalls auch während der Schwangerschaft, eine Neigung zur Blutgerinnselbildung ausschließen.

Unbestritten ist heute der Zusammenhang zwischen Krampfadern und Schwangerschaften. Diese sind die Ursache dafür, dass Krampfadern bei Frauen häufiger vorkommen als bei Männern. Die Venenveränderungen können dabei zum ersten Mal auftreten oder verstärkt werden. Ein Großteil davon bildet sich nach der Entbindung von selbst zurück. Untersuchungen haben ergeben, dass 30 Prozent der Frauen während der ersten Schwangerschaft Krampfadern entwickeln, bei bis zu 70 Prozent tritt das Leiden nach mehreren Schwangerschaften auf. Aber so unsinnig wie es ist, auf seinen Traumberuf zu verzichten, ist es, bei seiner Familienplanung an das Risiko der Entstehung von Krampfadern zu denken.

Damit tritt die Bedeutung vorbeugender Maßnahmen ganz in den Vordergrund. Kompressionsstrumpfhosen und gymnastischen Übungen müssen eine Selbstverständlichkeit sein. Verschwenden Sie keinen Gedanken an Verödung oder Operation! Diese Eingriffe sind während der Schwangerschaft indiskutabel, weil die Krampfadern sich nach der Entbindung teilweise zurückbilden und eine Behandlung für das ungeborene Kind nicht ohne Risiko ist.

Sollte eine Neigung zur Gerinnselbildung vorliegen, wird während der Schwangerschaft herkömmliches Heparin gespritzt; außerdem sollten Sie während der Schwangerschaft vom Gynäkologen zusammen mit dem Hämatologen und Phlebologen oder Angiologen betreut werden. Alle anderen Gerinnungshemmer, auch die neueren niedermolekularen Heparine, sind verboten, weil sie über den Mutterkuchen in den kindlichen Kreislauf gelangen. Eine Gerinnungshemmung beim Kind ist mit größeren Komplikationen verbunden. Zwei Jahre nach einer abgeheilten tiefen Venenthrombose bestehen keine Bedenken mehr gegen eine Schwangerschaft. Sollten Sie vor Ablauf von zwei Jahren nach einer Thrombose schwanger werden, so besteht keine Notwendigkeit für einen Abbruch. Lassen Sie Ihre Beinvenen jedoch wöchentlich mit Ultraschall untersuchen.

Aktiv in Sachen »gesunde Beine«

Persönliche Einstellung zur Krankheit

Krankheit ist kein Makel. Sie begleitet das Leben wie das Heranwachsen und das Altern. Man soll sich daher der Krampfadern nicht schämen. Beschneiden Sie nicht Ihr Wohlbefinden nur damit andere nicht merken dass Sie krank sind. Dennoch können die bläulich hervortretenden Venen zu einer psychischen Belastung werden. Manche Frauen schämen sich dann, ihre Beine zu zeigen und verstecken sie selbst im Sommer unter langen Röcken und Hosen.

Einfache Maßnahmen

Barfuß laufen, einen Sitzkeil verwenden oder die Beine hochlegen sind Beispiele für wirkungsvolle Maßnahmen, die den Tagesablauf nicht stören.

Ganz gleich, ob Sie Krampfadern haben oder befürchten, welche zu bekommen oder ob Sie einfach gesund leben wollen, Sie sollten die nachstehenden Hinweise beherzigen.

Sehr wichtig ist es, einen unnatürlich hohen Druck im Bauchraum verhindern. Vermeiden Sie daher Hartleibigkeit, Korsetts und schweres Heben.

Andere Mechanismen, die den Abfluss des Blutes aus dem Bein behindern, sind zum Beispiel Unterhosen, die in der Leistenbeuge einschnüren. Auch eng anliegende Hosen sind ungünstig. Strümpfe sollen gut passen und dürfen nicht einschneiden. Ist am Bein ein Wundverband erforderlich, müssen umlaufende Binden vermieden werden. Wenn Binden unbedingt

Plateauschuhe

Plateauschuhe sind »in«. Für die Venen sind sie Gift, weil der Fuß nicht abgerollt werden kann.

Legen Sie Ihre Beine so oft wie möglich hoch.

erforderlich sind, wie zum Beispiel bei Kniebandagen, muss das Bein vom Fuß her gewickelt werden.

Auch bei der Wahl Ihrer Schuhe können Sie Ihren Venen Gutes tun. Achten Sie auf weiches Material und Spielraum für die Zehen. Die Sohle sollte abgerollt werden können. Beschränken Sie sich mit dem Tragen hoher Absätze auf besondere Anlässe.

Wann immer sich die Gelegenheit bietet, sollten Sie Ihre Beine hochlegen, auch wenn es immer mal wieder zwischendurch nur zwei Minuten sind.

Schlafen mit angehobenem Fußende ist bei geschwollenen Beinen sinnvoll. Ein Kissen oder Keil unter die Beine zu legen ist dabei aber manchmal unbequem. Das Fußende des Bettes kann mit einem Holzklotz angehoben werden. Zehn Zentimeter reichen dabei völlig aus. Moderne Betten haben meist einen entsprechend verstellbaren Lattenrost.

Vorsicht bei Herzschwäche

Patienten mit Herzschwäche vertragen das Hochlegen der Beine manchmal nicht.

Sport

Zur Aktivierung der Muskelpumpe sind fast alle Sportarten geeignet, ein paar Dinge sollten Sie aber bedenken:

Einige Ballsportarten können für die Venenklappen belastend sein, wenn aus dem Lauf sehr ruckartig gestoppt wird, wie zum Beispiel beim Tennis oder beim Squash. Fußballer haben häufig Seitenastkrampfadern an den Unterschenkeln: Bei Tritten in die Wade kann nämlich der Druck in den Venen für Sekundenbruchteile so hoch sein, dass die Klappen reißen. Der alpine Skiabfahrtslauf verursacht häufig Stöße gegen die

SPORT UND KRAMPFADERN

Empfehlenswert	Bedingt empfehlenswert	Nicht empfehlenswert
Schwimmen	Fußball	Gewichtheben
Gehen	Rudern	Boxen
Laufen	Kanusport	Squash
Wandern	Sprung- und Wurfdisziplinen	
Skilanglauf	Tennis	
Rad fahren	Alpines Skifahren	
Golf spielen		
Tanzen		
Gymnastik		

Schienbeinkante, was eine Verletzung der Venenklappen zur Folge haben kann.

Ganz ungünstig ist Gewichtheben. Im Bauchraum entstehen extrem hohe Drucke. Sie treten auf, weil der Ausübende im Moment der Anstrengung tief ein atmet und die Stimmritze dabei verschließt. Deshalb kann kein Druckausgleich zwischen Bauchraum und Brustraum erfolgen, wie er bei allen anderen Sportarten abläuft. Bei den meisten Sportarten wird der Bauchraum druckentlastet, indem der Sportler ausatmet; das Zwerchfell steigt dabei höher.

Viele Menschen neigen dazu, die Luft anzuhalten, wenn sie sich beim Sport besonders anstrengen. Das führt nicht nur zu einer ungenügenden Sauerstoffversorgung des Organismus, sondern erhöht den Druck im Bauchraum erheblich.

Daher ist es ganz wichtig, korrekt zu atmen: Bei Übungen, die sich immer wiederholen (z. B. Krafttraining, Rudern) sollte immer bei der Muskelentspannung eingeatmet und bei der Anstrengung ausgeatmet werden.

Inline-Skating

Inline-Skates sind »in«. Man bewegt sich fort und denkt, auch für die Venen Gutes getan zu haben. Das ist ein Trugschluss, da dabei mit Füßen und Waden kaum gearbeitet wird.

Atmung

Richtiges Atmen erfordert zu Anfang etwas Übung, später klappt es automatisch.

Venenwalking

Der gesunde Gang ist eine Garantie für das Funktionieren der Muskelpumpe. Der moderne Mensch hat vergessen, wie ein

»Venenwalking«

gesunder Gang funktioniert – zu hohe Absätze und starre Schuhe fordern ihren Tribut. Daher wurde eine Sportart entwickelt, die im Grunde genommen nichts anderes ist als ganz normales, schnelles, natürliches Gehen – das »Venenwalking«, zu deutsch Venengang. Ziel des Venenwalkings ist es, die Beine zu entlasten. Das Körpergewicht wird langsam von der Ferse auf die Zehen verlagert, im Gegensatz zum Joggen, bei dem das gesamte Körpergewicht auf den Fuß drückt.

85

Im ServiceCenter auf Seite 85 erfahren Sie, wie Venenwalking geht.

Gymnastik für die Venen

Jegliche Form von Gymnastik tut den Venen gut! Die meisten Menschen schaffen es aber nicht, ihre guten Vorsätze regelmäßig in die Tat umzusetzen. Venenübungen sind sehr einfach und können im Laufe des Tages ohne großen Aufwand nebenbei durchgeführt werden.

Ideal ist es, diese Übungen mehrmals täglich durchzuführen. Entscheiden Sie selbst, wie oft Sie das einrichten können. Sie brauchen auch nicht immer alle Übungen zu machen – passen Sie sich dem Moment und Ihrer Zeit an. Geben Sie sich eine Chance, regelmäßig zu üben zum Beispiel können Sie sich jedes Mal, wenn Sie Zähne putzen, Zehenstände machen.

Alle Übungen im Stehen können auch an der Bushaltestelle oder auf dem Bahnsteig die Wartezeit füllen. Bankschalter, Schreibtisch und Fernsehsessel eignen sich ebenfalls für Übungen im Stehen oder Sitzen.

91

Anregungen für Übungen finden Sie im ServiceCenter auf Seite 91-93.

Ideal sind dabei die Übungen »Heben der Zehen« und »Zehenkrallen«. Mit ihnen können Sie die Muskelpumpe unbemerkt und effektiv aktivieren.

Auch für Bettlägrige

Bettlägerigkeit ist kein Hindernis für Gymnastikübungen. So beugen Sie auch gut einer Thrombose vor.

Urlaub

In dieser schönsten Zeit des Jahres können Sie auch Gutes für Ihre Venen tun und zwar an jedem Urlaubsort.

Die Anreise scheint oft eine der größten Hürden, denn langes eingeengtes Sitzen ist für die Venen nicht besonders gut. Im Auto können Sie die Zehen bewegen. Für Fahrer jedoch sind Pausen unumgänglich, um die Beine zu vertreten. In Flugzeug und Zug können Sie es sich bequem machen. Ziehen Sie keine enge Kleidung an, vor allem keine engen Hosen. Nehmen Sie dicke Socken mit und ziehen Sie während der Fahrt Ihre Schuhe aus. Legen Sie, wenn möglich, im Zug die Beine auf den gegenüberliegenden Sitz. Bewegen Sie die Zehen.

Am Urlaubsziel angekommen, ist der Strand der ideale Ort für einen Spaziergang. Laufen Sie barfuß durch das flache kühle Wasser und durch den Sand und schwimmen Sie viel.

Sollten Sie ein offenes Bein haben oder starke Braunverfärbungen, sollte Ihre Haut sehr dünn über den Venen geworden sein, wären Sie besser beraten, nicht in warmem Wasser zu baden, um die Haut nicht vollends aufzuweichen und zum Beispiel eine Blutung zu verursachen.

Fliegen

Die Luft im Flugzeug ist sehr trocken. Vergessen Sie nicht, viel zu trinken.

Die Wärme (sowohl des Wassers als auch die Außentemperatur) dehnt Ihre Venen, lässt sie stärker hervortreten und leichter sichtbar werden. Darüber hinaus scheint sie auch Venenentzündungen zu fördern. Daher ist es in der Wärme besonders wichtig, Kompressionsstrümpfe zu tragen. Befeuchten Sie die Strümpfe am Bein, das kühlt sogar besser als sie auszuziehen!

Wenn Sie sich sonnen möchten, meiden Sie die Mittagshitze und versuchen Sie so viel wie möglich im Schatten zu liegen, auch dort wird man braun.

Wenn Sie am Strand die Beine im Wasser kühlen und sonst hochlegen, brauchen Sie keine Kompressionsstrümpfe.

Thermalbaden regt den Kreislauf an. Oft wird wegen des warmen Wassers bei Krampfadern davon abgeraten. Bedenken Sie dabei Folgendes: Wenn die Beine einen Meter untergetaucht sind, liegt der Druck des Wassers auf die Knöchel bei 80 m/H, also schon höher als bei der stärksten Kompressionsklasse.

Bei Museumsbesuchen und ausgedehnten Besichtigungsspaziergängen regen Sie die Tätigkeit Ihrer Muskelpumpe an. Hierbei empfiehlt es sich allerdings, die Kompressionsstrümpfe zu tragen.

Wandern oder Rad fahren im Urlaub ist für Ihre Venen ein Geschenk. Achten Sie dabei auf nicht zu festes Schuhwerk!

Im Urlaub können Sie sich endlich mal so richtig Zeit nehmen zum Gehen, zum Schwimmen, zum Verwöhnen der Venen. Es ist der ideale Zeitpunkt, um das Venengehen zu erlernen oder sich die Übungen mit den Zehen anzugewöhnen.

Nicht zu warm!

Vermeiden Sie bei sehr dünner Haut über dicken Venen starke Wärmeeinwirkung, zum Beispiel in der Sauna, im Thermalbad oder beim Sonnenbaden. Die Gefahr der Blutung wird dadurch gesteigert.

Körperpflege

Wärmeeinwirkung dehnt die Venen. Trotzdem können Sie getrost duschen; den Duschkopf mit heißem Wasser sollten Sie dabei nicht direkt auf die Beine richten. Tut Ihnen ein warmes Wannenbad gut, dann brauchen Sie auch auf diese Wohltat nicht zu verzichten, immerhin liegen Ihre Beine dabei hoch! Nach dem warmen Bad empfiehlt es sich aber, die Beine kalt abzuduschen, am besten nach Pfarrer Kneipp (siehe Seite 58).

Eincreme-Massage

Massieren Sie beim Cremen Ihre Beine immer von unten nach oben. Widmen Sie dem Vorgang ruhig etwas Zeit; diese Massage lindert Schmerzen und entleert auch das Gewebe!

Auch Ihre Haut leidet unter den Krampfadern. Sie wird brüchig, neigt zu Schuppung und kleinen Rissen, die Vorboten für ein offenes Bein sein können. Daher ist es wichtig, sie ausreichend einzucremen – am besten täglich.

Verwenden Sie zum Eincremen der Haut normale Körpercremes mit möglichst wenig Zusätzen, um Allergien zu vermeiden. Besonders gut eignen sich auch normales Speiseöl (Sonnenblumen- oder Olivenöl) oder kosmetische Öle (Leinsamen-, Süßmandel- oder Aprikosenöl). Eine angenehm kühlende Wirkung erzielen Sie, wenn Sie die Salbe, die Creme oder das Öl im Kühlschrank aufbewahren.

Sie können für diese pflegende und vorbeugende Maßnahme auch verschiedene Kräuter zu Hilfe nehmen, indem Sie sich selbst Salben zubereiten.

Tragen Sie Kompressionsstrümpfe, dann empfiehlt es sich, die Beine erst abends einzucremen, da die Strümpfe sonst fettig werden und schneller verschleißen.

Bürstenmassagen regen die arterielle Durchblutung der Haut an, sie unterstützen allerdings auch das Auftreten von Besenreisern. Daher sollten Krampfaderpatienten, insbesondere solche, die zu Besenreisern neigen, von Bürstenmassagen Abstand nehmen.

Viele Patienten mit Krampfadern berichten über die positive Wirkung der Sauna auf ihr allgemeines Befinden. Fragen diese Patienten ihren Phlebologen, ob Sauna bei Krampfadern sinnvoll oder schädlich ist, fällt die Auskunft der Ärzte sehr unterschiedlich aus, da hierzu keine wissenschaftlichen Erkenntnisse vorliegen.

Probieren Sie daher einfach selbst aus, wie sich ein oder zwei kurze Saunagänge mit hochgelagerten Beinen und anschließender ausgeprägter Kälteanwendung an den Beinen auf Ihre Venen auswirkt. Sind die Beine anschließend nicht geschwollen, treten die Venen nicht besonders dick hervor, können Sie sich getrost einmal in der Woche diesen Genuss gönnen!

Besenreiser

Stören Sie Ihre Besenreiser kosmetisch, können Sie sie mit Make-up abdecken.

84

Salbenrezepte finden Sie im ServiceCenter auf Seite 84.

Service Center

Das ServiceCenter bietet Ihnen als Hilfe zum Aktivsein Checklisten, Übersichten, Anleitungen, Adressen und vieles mehr. Alles auf einen Blick, zum schnellen Nachschlagen.

LEBENSGEWOHNHEITEN UND ÄUSSERE EINFLÜSSE, DIE KRAMPFADERN BEGÜNSTIGEN

Kreuzen Sie an, was auf Sie zutrifft, und überlegen Sie danach, welche Gewohnheiten und Gegebenheiten Sie verändern können. Viele Faktoren lassen sich problemlos vermeiden, zum Beispiel zu heiße Bäder oder zu enge Kleidung. Bei einer Schwangerschaft oder einer Thrombose sollten Sie die entsprechenden Vorsichtsmaßnahmen treffen (siehe Seite 66).

Was trifft auf mich zu?

- Alkoholgenuss
- Bürstenmassage
- chronischer Husten
- dauerhafte Hitzeeinwirkung auf die Unterschenkel
- dauerhafte Hockstellung
- enge Kleidung
- enge Schuhe
- Fußbodenheizung
- Hartleibigkeit
- heiße Bäder
- hohe Absätze
- Hormone („Pille" und auch Wechseljahrshormone)
- Korsagen
- Lähmungen
- Medikamente (bestimmte) zur Blutdrucksenkung
- Mieder
- Psychopharmaka
- Schwangerschaften
- schweres Heben
- Sitzen mit angewinkelten Beinen
- sitzende Tätigkeit
- starre Schuhsohlen
- stehende Tätigkeit
- tiefe Beinvenenthrombose
- zu ausgedehnte Saunagänge
- zu wenig sportliche Betätigung

Kreuzen Sie an, was Sie betrifft

WANN GEHE ICH ZUM ARZT?

wichtig

Bei folgenden Symptomen ist der Arztbesuch wichtig:

- Besenreiser
- Wadenkrämpfe
- Kribbeln in den Beinen
- Unruhegefühl
- schwere Beine
- bräunliche Verfärbung um die Knöchel
- abendliche Beinschwellung
- Schmerzen in der Wade nach langem Stehen
- Linderung der Schmerzen bei Hochlagerung der Beine
- Spannungsgefühl in den Beinen

Alle diese Symptome können auch auf andere Krankheiten hinweisen. Sollten sie aber durch Krampfadern verursacht werden, können Sie schon frühzeitig auf die weitere Entwicklung Einfluss nehmen!

dringend

Bei folgenden Symptomen ist der Arztbesuch dringend notwendig:

- sichtbare Krampfadern
- Jucken der Beine
- Verhärtung der Haut
- zunehmende Beschwerden in den Beinen
- Schwellung der Beine
- Braunverfärbung des Unterschenkels
- Wunde am Knöchel

ERSTE HILFE BEI VENENBLUTUNG

1. Die blutende Stelle mit einem Tuch oder mit dem Finger abdrücken.
2. Druckverband anlegen (falls möglich)
3. Bein hochlegen
4. (In Ruhe) zum Arzt fahren lassen. Nicht selbst fahren!

VORBEREITUNG AUF DAS GESPRÄCH MIT DEM ARZT

Daran sollenten Sie vor dem ersten Besuch beim Arzt denken

- Sollten die Beschwerden oder Schwellungen der Beine nur abends oder vor der Menstruation vorliegen, unbedingt den Arztbesuch in diese Zeit legen.
- Nehmen Sie alle in Ihrem Besitz befindlichen Arztberichte und Röntgenbilder der Beine mit zum Arztbesuch, falls der Arzt die Unterlagen einsehen möchte.
- Nehmen Sie alle Namen und möglichst auch Adressen von vorbehandelnden Ärzten mit, damit Ihr Arzt sich erkundigen kann.
- Zur Kleidung: Der Arzt untersucht Ihre Beine bis zur Leiste. Zur Untersuchung müssen Sie Ihre Beine freimachen. Rock oder Hose sind daher besser geeignet als ein Kleid.

Atmen bei der Untersuchung

Während des Ultraschalls oder beim Röntgen wird der Arzt Sie auffordern, den Druck im Bauchraum zu erhöhen, um die Klappen in den tiefen Beinvenen und in der Leiste zu prüfen.

Sie können sich folgendermaßen darauf vorbereiten:

1. Luft holen
2. Luft anhalten
3. Ohne auszuatmen mit dem Bauch wie beim Stuhlgang pressen
4. Locker lassen und ausatmen

ACHTUNG: Diese Übung belastet die Beinvenen. Sie sollten Sie daher ausschließlich zur Vorbereitung auf den Arztbesuch machen.

Fragen, die Sie dem Arzt stellen sollten

Die folgenden Fragen sollten Sie dem Arzt beim ersten Besuch stellen. Sie können anhand der Antworten einschätzen, ob der Arzt Erfahrung mit der Behandlung von Krampfadern hat, und Sie erfahren, was Sie bei der Behandlung erwartet.

- Welche Untersuchungsmethoden wendet er an? (Eine Duplex-Ultraschall-Untersuchung sollte unbedingt durchgeführt werden, eine Phlebographie ist heute nur sehr selten nötig.)
- Empfiehlt er Medikamente? (Ihre Wirksamkeit wurde wissenschaftlich nicht nachgewiesen.)
- Verschreibt er manuelle Lymphdrainagen? (Wichtiger Behandlungsbestandteil bei einer Schwellung.)
- Wann empfiehlt er eine Verödung? (Siehe Seite 45 und Tabelle Seite 88). Wenn ja:
- Wie oft muss ich zur Verödung kommen?
- Welcher Abstand vergeht bei Verödung zwischen zwei Sitzungen? (Vier Wochen sollten es sein.)
- Sind meine Sammelvenen gesund? (Bei kranken Sammelvenen keine Verödung!)
- Wann empfiehlt er einen chirurgischen Eingriff? (Siehe Seite 47 ff. und Tabelle Seite 89.)
- Welchen Arzt oder welches Krankenhaus empfiehlt er für den Eingriff? Wird dort stationär oder ambulant operiert?
- Welche Behandlung schlägt er vor, wenn ich einem Eingriff oder einer Verödung (noch) nicht zustimme? (Es sollte auf jeden Fall über eine Kompressionstherapie, bei Schwellungen über manuelle Lymphdrainage gesprochen werden.)

Fragen an den Chirurgen

- Benötigt er eine Phlebographie? (Nur selten nötig.)
- Wie heißt die Methode, die angewendet wird? (Vor- und Nachteile der jeweiligen Methode siehe Tabelle Seite 89.)
- Werden die Venen entfernt oder bleiben sie im Bein?
- In wie vielen Sitzungen werden die Beine operiert? (Beim Stripping sollte es nicht mehr als eine Sitzung pro Bein sein.)
- Welche Art der Narkose wird verwendet?
- Müssen Fäden gezogen werden?
- Werde meine Beine nach dem Eingriff gewickelt? Wie lange? Von wem?
- Wie lange muss ich Kompressionsstrümpfe tragen?
- Wer betreut mich nach dem Eingriff (Chirurg / Hausarzt)?
- Wie oft und in welchen Zeitabständen muss ich nach dem Eingriff kommen? (Auf jeden Fall einmal nach circa sechs Wochen zur Qualitätskontrolle.)
- Wie häufig sind Nacheingriffe und Verödungen im Anschluss an die Operation nötig?

Fragen an den Arzt bei einem offenen Bein

- Besteht eine Chance auf die Heilung meiner Wunde? (Die Antwort muss deutlich positiv sein, nur selten bei tiefer Beinvenenthrombose gelingt ein Heilen wirklich nicht!)
- Welche Substanzen enthalten die Salben, die er verwendet? (Kennt der Arzt den Inhalt? Keine Kortisonsalben! Keine Antibiotika, keine Pilzmittel, siehe Seite 37 f. Salben, die Enzyme beinhalten, bei eitrigen Belägen allenfalls wenige Tage anwenden; auf keinen Fall auf saubere Wunden auftragen, da sie die Wundheilung stören.)
- Welches ist die Ursache für mein offenes Bein? (Kennt der Arzt die Ursache?)
- Wann soll diese Ursache beseitigt werden?

Fragen, die der Arzt Ihnen stellen wird

Machen Sie sich vor dem Arztbesuch zu den folgenden Fragen Gedanken. Notieren Sie eventuell einige Stichworte.

- Seit wie vielen Jahren haben Sie Krampfadern?

- Kamen sie unmerklich oder wurden sie durch ein Ereignis ausgelöst?
  - Schwangerschaft
  - Operation
  - Thrombose
  - nach längerer Bettlägerigkeit

- Haben Sie Beschwerden?
  - schwere Beine
  - Ziehen
  - Druck
  - Wadenkrämpfe
  - Schmerzen
  - Wassereinlagerungen

- Wann treten die Beschwerden auf?
  - morgens
  - nach längerem Stehen
  - abends
  - nach längerem Sitzen
  - nach längerem Laufen
  - bei Hitze
  - bei Anstrengung

- Wo treten sie genau auf?
  - Oberschenkel
  - Unterschenkel
  - strangförmig

- Hatten Sie eine Venenentzündung?
  - wie oft
  - an welcher Stelle
  - wie wurde sie behandelt

- Wodurch werden die Beschwerden gelindert?
  - Medikamente
  - Selbsthilfemaßnahmen
  - Sport

- Müssen Sie nach längerem Gehen vor Schmerzen anhalten?
  - nach wie vielen Metern

- Was für Behandlungen hatten Sie bisher für Ihre Krampfadern?
  - Verödung
  - Operation
  - Lymphdrainage
  - Tabletten
  - Salben
  - Kompressionstherapie

■ Wie gut haben sie Ihnen geholfen?

■ Hatten Sie andere Operationen?
- Eingriffe im Bauchbereich und an den Beinen

■ Welche Medikamente nehmen Sie?
- regelmäßig
- ab und zu
- speziell für die Venen

■ Haben Sie unangemessen auf Medikamente reagiert? (Vollnarkosen, Antibiotika) *(Schreiben Sie alle Medikamente, die Sie nehmen, mit ihren Dosierungen auf einen Zettel auf oder nehmen Sie die Packungsbeilage zum Arztbesuch mit.)*

■ Welche Erkrankungen liegen bei Ihnen vor?
- Blutdruck
- Blutzucker
- Herzerkrankung
- Magen-Darm-Erkrankungen
- Lunge
- Krebserkrankungen
- Anfallsleiden
- Rheumatismus
- Sonstige

■ Wurden Sie jemals bestrahlt oder hatten Sie eine Chemotherapie?

■ Sind Operationen geplant?

- allgemein
- am Bein
- Ballenoperation
- Hüftoperation

■ Neigen Sie zu Blutungen?
- Nasenbluten
- starke Regelblutungen
- blaue Flecken
- Nachblutungen beim Zahnziehen

■ Haben Sie Allergien?
- Medikamente
- Pflaster
- Desinfektionsmittel
- örtliche Betäubung
- Antibiotika (Spritze beim Zahnarzt)

■ Haben Sie eine Schilddrüsenerkrankung?

■ Haben Sie eine ansteckende Krankheit wie z. B. Hepatitis?

HILFE ZUR SELBSTHILFE

Akupressurpunkte zur Linderung der Beschwerden

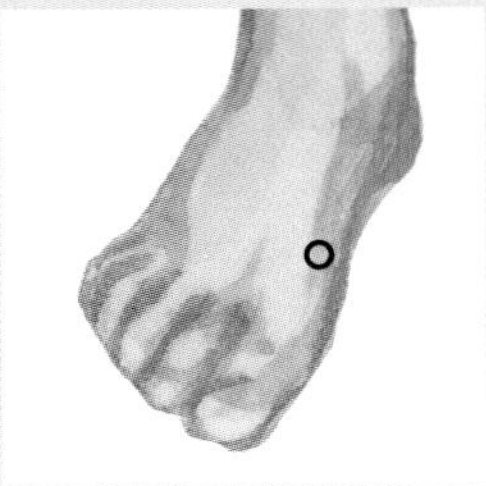
Mp 4

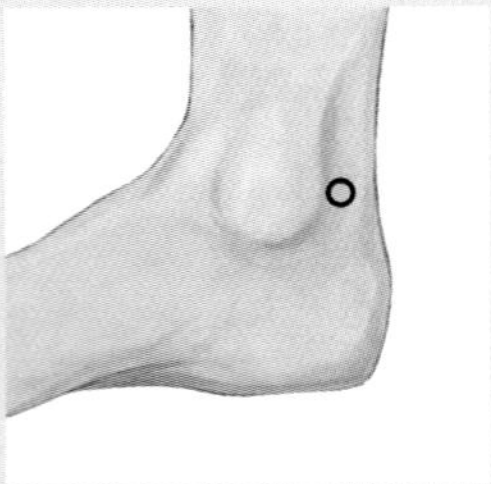
Ni 3

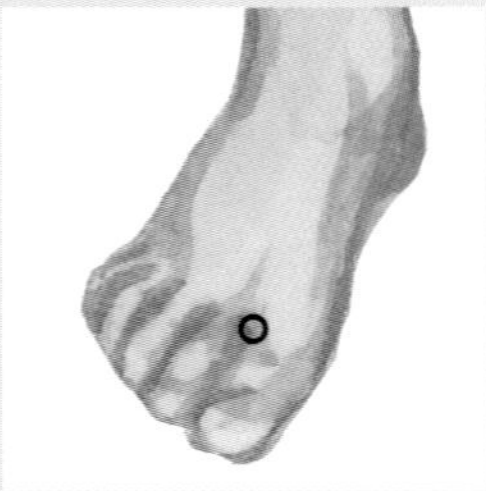
Le 3

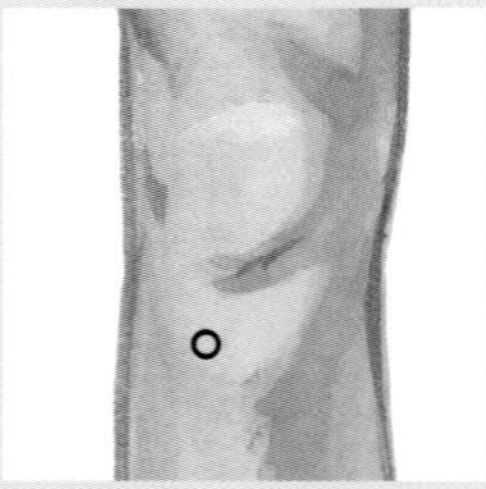
Ma 36

Name	Lage	Streichrichtung
Mp 4	Mitte der Fußinnenseite, an der Fußunterkante	zur Hacke hin
Ni 3	am oberen Rand der Knöchelaußenseite, vor der Achillessehne	zur Wade hin
Le 3	einen Querfinger oberhalb des Zehenzwischenraumes zwischen erster und zweiter Zehe	zum Knöchel hin
Ma 36	Wadenbeinköpfchen	zum Fuß hin

Quarkumschlag

Nehmen Sie Quark aus dem Kühlschrank und geben ihn direkt auf die betroffene Hautstelle.
Danach wickeln Sie ein dünnes Handtuch um das Bein, damit der Quark nicht verrutschen kann.
Als Alternative können Sie den Quark auch direkt in das Handtuch geben und es als Päckchen eingewickelt auf die Haut legen. Die erste Variante ist allerdings effektiver.
Um die Heilwirkung des Quarks zu unterstützen, können Sie auch verschiedene Kräuter, zum Beispiel Ringelblumen (Blüten, Blätter und Stängel), Beinwellblätter oder Arnikablüten, einrühren.

Kalter Kneippguss

- Stellen Sie sich in die Badewanne und lassen Sie den kalten Wasserstrahl der Dusche von der rechten Fußaußenseite bis zur Leiste hochwandern.
- Führen Sie den Wasserstrahl dann an der Innenseite des Beines zurück zum Fuß.
- Wiederholen Sie die Anwendung am linken Bein.
- Am obersten Punkt (Knie oder Hüften) können Sie 5 Minuten verweilen.
- Anschließend wird empfohlen, sich in eine Decke gehüllt 10 bis 15 Minuten hinzulegen.

Warme Güsse finden im Wechsel mit kalten Güssen statt. Das warme Wasser sollte circa 34 °C haben. Beendet wird die Anwendung mit kaltem Wasser.

Rezepte für Anwendungen mit Heilpflanzen

Beinbad mit Käsepappeln (bei Venenentzündung, Schwellung)

- 300 g Käsepappeln
- 5 l Wasser

Pflanzen über Nacht in kaltem Wasser einlegen. Anschließend auf etwa 40 °C aufwärmen, durch ein Leinentuch gießen und dem Badewasser zufügen. Anwendung: 20 Minuten darin baden, danach ausruhen.

Venentee (bei Krampfadern, Venenentzündung)

- 20 g Schafgarbe
- 20 g Zinnkraut
- 20 g Ringelblumenblüten

3 Teelöffel der Mischung mit ½ Liter kochendem Wasser übergießen, 5 Minuten ziehen lassen und abseihen. Anwendung: Morgens, mittags und abends je 1 Tasse Tee trinken.

Beinbad mit Beinwell
(bei Schwellung)

- 500 g Beinwellblätter
- 5 l Wasser

Anwendung: 20 Minuten darin baden. Anschließend ruhen und die Beine etwa 30 Minuten hochlegen.

Ringelblumensalbe
(bei Venenentzündung, Schwellung, Schmerzen)

- 500 g Ringelblumen (Blätter, Blüten, Stängel)
- 500 g Schweinefett

Pflanze klein schneiden. Fett in einer Pfanne erhitzen, Pflanze einrühren, vom Herd nehmen und abkühlen lassen. Nach 24 Stunden nochmals leicht erwärmen und durch ein Tuch in ein sauberes Gefäß filtern.
Anwendung: Mehrmals täglich in die Haut einmassieren. Nicht auf offene Stellen (Allergiegefahr)!

Umschläge
(Venenentzündung)

- 10 g Rosmarin
- 20 g Arnikablüten
- 20 g Kamilleblüten
- ca. 1 l Wasser

Pflanzen mit kochendem Wasser übergießen, 5 Minuten ziehen lassen und abseihen. Erkalten lassen.
Anwendung: Waschlappen darin anfeuchten und auf die schmerzende Stelle legen. Alle 10 bis 20 Minuten erneuern.

Venensalbe
(bei Venenentzündung, unruhigen Beinen, Schmerzen)

- 5 ml Arnikatinktur
- 5 ml Hamamelistinktur
- 5 ml Ringelblumentinktur
- 10 ml Rosskastanientinktur
- 100 ml Salbengrundlage (aus der Apotheke)

Salbengrundlage mit den Tinkturen gut vermischen und im Kühlschrank aufbewahren.
Anwendung: Mehrmals täglich von den Füßen zum Körper hin auftragen.

VENENWALKING

- Stellen Sie sich ganz locker hin. (1)

- Heben Sie den rechten Fuß, ziehen Sie die Fußspitze an und setzen Sie die Ferse etwa 20 Zentimeter vor sich auf den Boden. (2)

- Rollen Sie den Fuß ganz langsam ab, indem Sie zuerst die Ferse, dann den Ballen und schließlich die Zehen belasten. (3)

- Heben Sie den linken Fuß an, indem Sie zuerst die Ferse abheben, dann den Mittelfuß und zum Schluss die Zehen. Während dieser Bewegung steht der rechte Fuß fest auf dem Boden. (4)

- Führen Sie das linke Bein nach vorne und wiederholen Sie das abrollende Aufsetzen, wie es für den rechten Fuß beschrieben ist. (5)

- Die Arme hängen locker neben dem Körper und schwingen beim Gehen mit. Den Bauch und das Gesäß ziehen Sie ein. Vermeiden Sie ein Hohlkreuz. (6)

Wenn Sie mit dem Venenwalking beginnen, suchen Sie sich im Idealfall eine ebene Gehstrecke mit weichem Boden.

Bauen Sie sich Ihren eigenen Rhythmus auf. Fangen Sie langsam an und achten Sie auf den korrekten Bewegungsablauf.

Die richtigen Schuhe zum Venenwalking sollten aus weichem Ober- und Untermaterial sein, damit Ihre Füße nicht beengt werden.

BEHANDLUNGSMETHODEN

Bezeichnung	Medikamente zur äußerlichen Anwendung	Medikamente zur inneren Anwendung
Beschreibung	Salben	Tabletten, Kapseln, Tropfen
Sinnvoll bei	Sinn eher fraglich	allenfalls kurzfristig bei sehr starker Schwellung harntreibende Tabletten; Wirkung nicht erwiesen
Nebenwirkungen, Komplikationen	können Allergien auslösen	harntreibende Mittel senken den Blutdruck; dauerhaft angewendet verändern sie den Salzhaushalt und erhöhen Harnsäure und Blutzucker; Allergien; arterielle Durchblutungsstörungen bei Venotonika
Gegenanzeigen	bekannte oder bestehende Allergie auf Inhaltsstoffe	bekannte oder bestehende Allergie auf Inhaltsstoffe
Vorteile	psychischer Effekt; eventuell Kühlung; Massage tut Venen gut; Hautpflege	keine
Nachteile	die meisten Wirkstoffe (z. B. Heparin) werden nicht über die Haut aufgenommen; alkoholhaltige Salben trocknen Haut aus	wirkt nicht auf die Ursache der Krampfadern; Wirkung der Venenmittel bisher nicht wissenschaftlich belegt; Daueranwendung von harntreibenden Mitteln kann schädlich sein

IM ÜBERBLICK ①

Manuelle Lymphdrainage	Medizinische Kompressionsstrümpfe	Kompression mit Bandagen
Anregung der Lymphbahnen zum Abschwellen der Beine	dauerhafte Anwendung von äußerem Druck vermeidet die krankhafte Füllung der Venen	dauerhafte Anwendung von äußerem Druck vermeidet die krankhafte Füllung der Venen
durch Krampfadern bedingte Schwellung; Lymphödem	alle Stadien von Krampfadern; sichere Vorbeugung der Komplikationen von Krampfadern; Nachbehandlung nach Operationen; Verödung	kurzfristige Anwendung zur Abschwellung der Beine; erste Tage nach dem „Stripping“
bei Patienten mit Herzschwäche gelegentlich Kreislaufüberlastung	Schuppung der Haut; bei korrekter Anwendung keine Komplikationen	Schuppung der Haut; bei korrekter Anwendung keine Komplikationen
akute Infektion; frische Thrombose	arterielle Durchblutungsstörung; akute Infektion	arterielle Durchblutungsstörung; akute Infektion
effektive Behandlung der Schwellung; angenehm	effektive Behandlung; kann meist selbstständig angelegt werden; Behandlung dauerhaft möglich	ideal bei Beginn der Behandlung von Beinschwellung; individuelle Anpassung von Ruhe- und Arbeitsdruck möglich
konsequente Anwendung erforderlich; behandelt nicht die Ursache der Krampfadern	erscheint einigen Patienten lästig oder beengend; bei Behinderungen schwer anzulegen; kosmetische Bedenken sind heute nicht mehr relevant	Bandagen verrutschen leicht; Erlernen der korrekten Bandagetechnik schwer; selbstständiges Anlegen schwierig

BEHANDLUNGSMETHODEN

Bezeichnung	Verödung	Laser
Beschreibung	Einbringen einer körperfremden Substanz zum dauerhaften Verschluss der Venen	Verödung kleinster hautnaher Venen durch Hitzeeinwirkung
Sinnvoll bei	Netzkrampfadern / Besenreisern ohne Erkrankung der Sammelvenen; Behandlung von Rest-Besenreisern nach Operation der Krampfadern; meist kosmetische Indikation	flächigen, dünnen Besenreisern ohne vorliegende Erkrankung der Sammelvenen; Behandlung von Rest-Besenreisern nach Operation der Krampfadern; kosmetische Indikation
Nebenwirkungen, Komplikationen	Venenentzündung, bleibende Hautverfärbung, selten Hautnekrosen (schwer heilende Wunden); sehr selten tiefe Venenthrombose	vorübergehende, sonnenbrandähnliche Hautveränderung; bei zu hoher Dosierung Hautverbrennungen
Gegenanzeigen	unbehandelte Krampfadern; arterielle Durchblutungsstörung; Hautentzündung	unbehandelte Krampfadern; arterielle Durchblutungsstörung; Hautentzündung
Vorteile	kosmetischer Effekt stellt sich sofort ein	kein Einbringen körperfremder Substanzen in die Venen; meist guter kosmetischer Erfolg
Nachteile	dauerhafter Verschluss der Gefäße; nur bei medizinischer Indikation von Kassen getragen (in der Schweiz und in Österreich gar nicht); meist mehrere Sitzungen nötig; dauerhafte Braunverfärbung der Haut relativ häufig	kosmetischer Effekt erst nach vier Wochen; wird nicht von den Kassen getragen; manchmal mehrere Sitzungen notwendig

IM ÜBERBLICK ②

Operationen mit Entfernen der Venen, „Stripping“	Endoskopische Perforantendissektion	CHIVA
Entfernen der erkrankten Sammelvene und/oder ihrer Seitenäste	Unterbrechung kranker Verbindungsvenen des Unterschenkels über Schnitt in Knienähe mit Hilfe eines Endoskops	Operation der Krampfadern ohne Entfernen der Venen; Ausschalten des falschen Blutstroms zur Heilung
ausgeprägten Krampfadern; Beschwerden bei Krampfadern und bei beginnender Hautveränderung durch Krampfadern	Krampfadern mit ausgeprägten Hautveränderungen oder offenem Bein; allein oder in Kombination mit „Stripping“ der Oberschenkel	Krampfadern in jedem Stadium; beugt einem Fortschreiten der Erkrankung vor
immer Hämatome; sehr häufig Schmerzen, Nervenschädigung, Verletzung der Lymphbahnen, Verringerung der Abflusswege aus dem Bein	große Wundhöhle in tiefen Schichten des Unterschenkels; Hämatome; postoperative Schmerzen; gelegentlich Nervenverletzung	bei etwa 10 % der Patienten postoperative Venenentzündung
arterielle Durchblutungsstörungen; akute Thrombose der oberflächlichen und tiefen Beinvenen; akute Infektion am Bein; schlechter Allgemeinzustand; schwere Begleiterkrankung	arterielle Durchblutungsstörungen; akute Thrombose der oberflächlichen und tiefen Beinvenen; akute Infektion am Bein; schlechter Allgemeinzustand; schwere Begleiterkrankung	ausgeprägte arterielle Durchblutungsstörung; frische Thrombose der tiefen Beinvenen; akute Infektion am Bein; schwere Herzschwäche
sofortiges Verschwinden der sichtbaren Venen; am häufigsten angewendete Methode; wird überall angeboten	keine Verletzung der Haut am Unterschenkel, die Haut wird geschont; ermöglicht „Stripping“ bei Patienten mit starken Hautveränderungen	ambulant; keine Arbeitsunfähigkeit; Patient steht sofort auf; örtliche Betäubung; wenige, kleine Schnitte; Beschwerden sofort weg; keine Bauchspritzen
Verringerung des venösen Abflusses; oft Voll-/Rückenmarksnarkose; häufig stationär; lang arbeitsunfähig; häufig postoperative Beschwerden; sehr viele Schnitte; gelegentlich Nachbehandlung; nach fünf Jahren bei 30 % der Patienten erneut Krampfadern	wird teilweise in der sehr belastenden „Blutleere“ durchgeführt; große Verletzung der Weichteile am Unterschenkel	Rückbildung der Krampfadern dauert zwei bis sechs Wochen; in etwa 20 % der Fälle ist ein zweiter Eingriff nach zwei Monaten nötig; im deutschsprachigen Raum noch nicht sehr verbreitet; zeitaufwendige Voruntersuchung

Kleine Venengymnastik für zwischendurch

Diese drei Übungen können Sie zu jeder Zeit, wo immer Sie stehen oder sitzen, machen:

- an Haltestellen
- im Büro
- in Warteschlangen
- barfuß
- in Strümpfen
- mit Schuhen

Zehen krallen

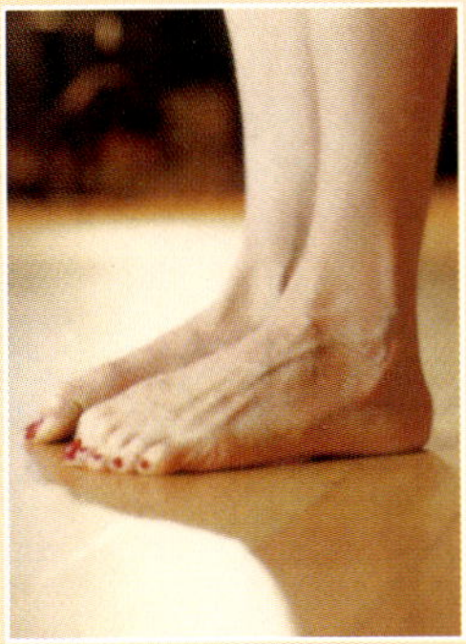

Setzen oder stellen Sie sich hin und krallen Sie Ihre Zehen in den Fußboden, so als ob Sie einen Gegenstand zu sich heranziehen möchten.

Zehen anheben

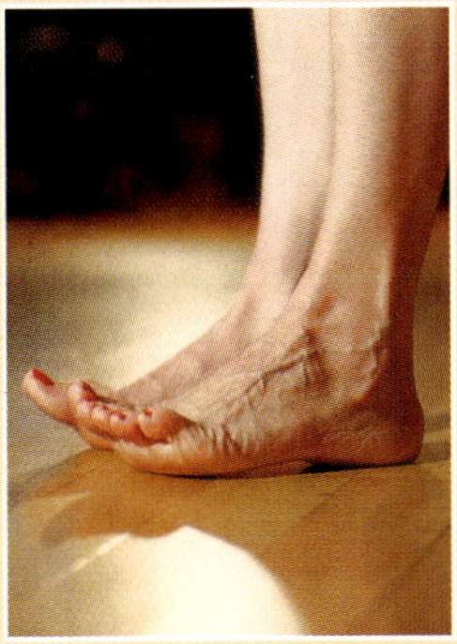

Stellen, setzen oder legen Sie sich (in Rückenlage) hin. Ziehen Sie Ihre Zehen an und strecken Sie sie wieder.

Zehenstand

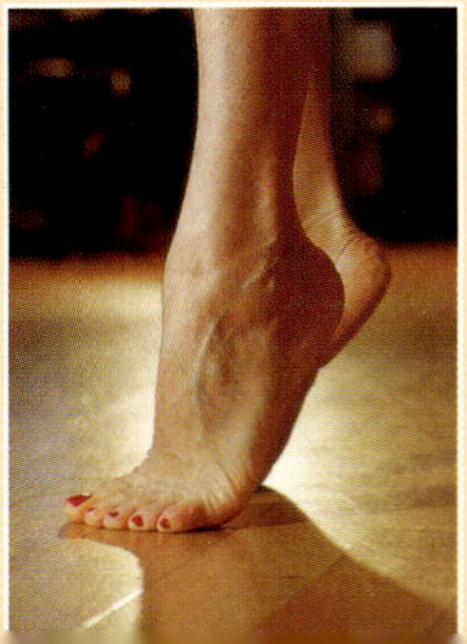

Stellen Sie sich mit geschlossenen Beinen hin und gehen Sie in den Zehenstand. Kurz halten und wieder absenken.

Venengymnastik für Zuhause

Füße kreisen
Setzen Sie sich auf einen Stuhl. Heben Sie nun das rechte Bein an und drehen Sie den Fuß in möglichst großen Kreisen, 10-mal nach rechts, 10-mal nach links. Dann wiederholen Sie die Übung mit dem linken Bein.

Rad fahren
Legen Sie sich in Rückenlage auf den Boden und fahren Sie mit den Beinen in der Luft Fahrrad.

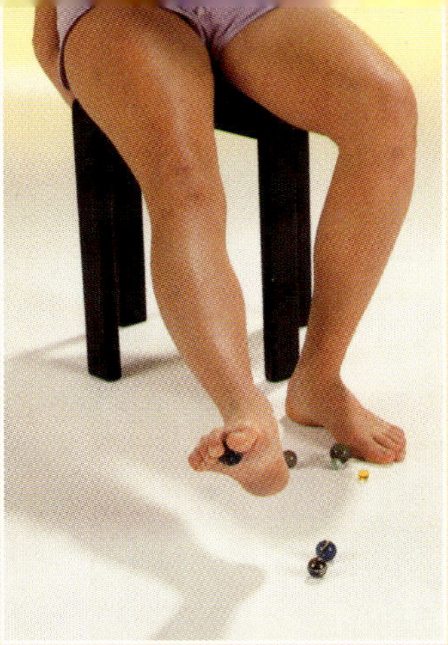

Zehenzange
Stellen oder setzen Sie sich hin und versuchen Sie Murmeln, ein Handtuch oder Bleistifte mit den Zehen zu packen und vom Boden aufzuheben.

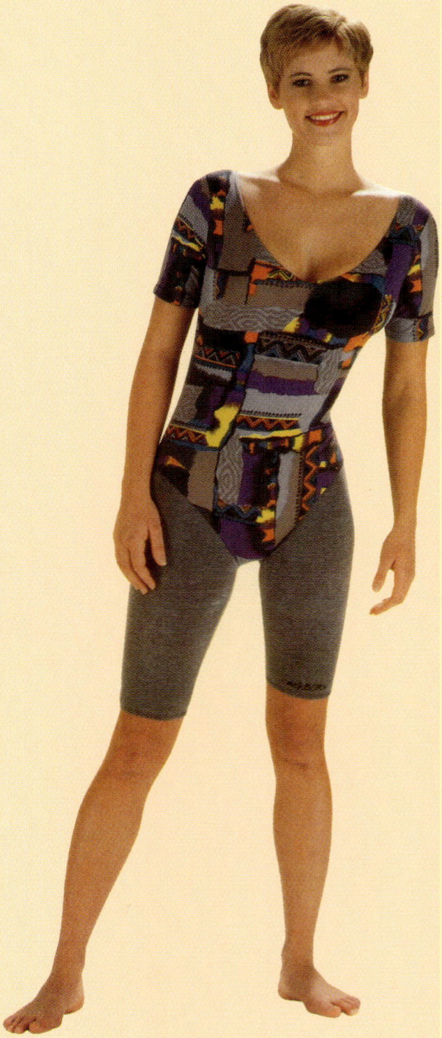

Kniebeuge
Stellen Sie sich mit geschlossenen Beinen hin, nehmen Sie die Arme gestreckt in Brusthöhe nach oben. Nun machen Sie eine Kniebeuge und kommen dabei gleichzeitig in den Zehenstand. Halten Sie diese Stellung kurz und gehen Sie dann in die Ausgangsposition zurück.

Pendel
Stellen Sie sich hin, die Füße hüftbreit nebeneinander. Nun pendeln Sie mit gestrecktem Oberkörper nach links und nach rechts, sodass Sie den Druck auf die Fußinnen- bzw. Fußaußenkanten deutlich spüren können.

Füße rollen
Legen Sie eine größere Papprolle (z. B. Waschmittelrolle, Küchenrolle), einen Ball oder Ballon vor Ihre Füße auf den Boden.
Halten Sie sich mit den Händen hinter dem Gesäß an der Stuhlkante fest und setzen Sie beide Füße nebeneinander auf die Rolle.
Bewegen Sie die Füße auf der Rolle oder dem Ball bis zu den Zehen bogenförmig vor und bis zur Ferse zurück.
Nähern Sie dabei die Fersen bzw. Zehen möglichst weit dem Boden, um auf diese Weise die Beweglichkeit im Sprunggelenk zu verbessern.

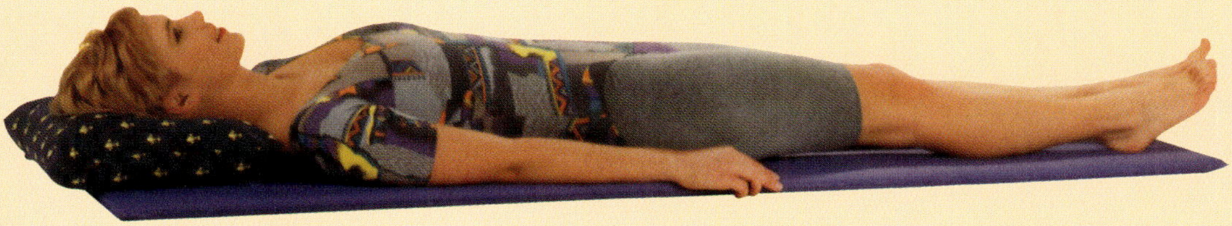

Spannung
Legen Sie sich in Rückenlage auf den Boden und spannen Sie abwechselnd den rechten und linken Oberschenkel an. Halten Sie diese Spannung ein bis zwei Sekunden und lassen Sie wieder locker. Nach fünf Wiederholungen pro Bein, führen Sie die Anspannung mit beiden Oberschenkeln gleichzeitig aus.

ADRESSEN

Deutschland

Deutsche Gefäßliga e.V.
Postfach 4038
69254 Malsch bei Heidelberg
Tel.: 0 72 53 / 62 28
Fax: 0 72 53 / 27 81 60
DLBG@gmx.net

Deutsche Gesellschaft für CHIVA e.V.
Dr. med. H.-A. Berger
Lange Straße 47
31515 Wunstorf
Tel.: 0 50 31 / 91 29 41
Fax: 0 50 31 / 91 29 42
C.H.I.V.A.@t-online.de
http::/www.CHIVA-Methode.de

Deutsche Gesellschaft Venen e.V.
Postfach 18 10
90007 Nürnberg
Tel.: 09 11 / 59 88 60
Fax: 09 11 / 59 12 19
DGVenen@bigfoot.de

Venengesundheit e.V.
Nürnberger Straße 12
95448 Bayreuth

Schweiz

Schweizerische Gesellschaft für Phlebologie
Zentrum St. Leonhard
Dr. M. Casanova
Pestalozzistraße 2
CH-9001 St. Gallen

Venen-Liga Schweiz
Dr. Linde
Rorschachstraße 150
CH-9006 St. Gallen
Tel.: ++41-(0)71 - 250 17 17

Österreich

Arbeitgruppe Phlebologie
Dr. N. Zinnagl
Postfach 46
A-1095 Wien
Tel.: ++42-(0)1-4080059
Fax: ++43-(0)1-4020030

AG Phlebologie der österreichischen Gesellschaft für Dermatologie
Landeskrankenanstalten Salzburg
Müllner Hauptstraße 48
A-5020 Salzburg

Internet

www.lifeline.de
Der größte Internet-Gesundheitsdienst im deutschsprachigen Raum. Infos, Tipps, Expertenrat und Ärzte-Suchdienst zu den gängigsten Krankheiten, auch Krampfadern

LITERATUREMPFEHLUNGEN

Allgemeine Ratgeber

Bopp, Annette:
Gesunde Beine
Stiftung Warentest, Berlin
Sehr ausführliche Beschreibung, gut verständlich

Haid, Helmut:
Keine Angst vor Venenleiden
Verlag Robert Gessler, Friedrichshafen

Wengenroth, Mareile:
Venenerkrankungen
Johann Ambrosius Barth Verlag, Leipzig
Beides medizinisch orientierte Patientenratgeber

Diätberater

Herget, Heinrich / Kunz-Bircher, Ruth / Bircher, Ralph:
Bircher-Benner-Diätbücher – Handbuch für Venenkranke
Bircher-Benner-Verlag, Friedrichsdorf
Rezepte und Beratung gezielt für den Patienten mit Krampfadern

Pflegemaßnahmen bei offenem Bein

Heinhold, Heidi / Heering, Christian / Kümpel, Peter:
Venenerkrankungen und Thrombose
Altera, Heidelberg
Sehr ausführliche Angaben zur Pflege des offenen Beines; richtet sich an Pflegepersonal, ist aber auch für den Laien sehr gut verständlich

Lohfink, Hans-Dieter:
Konservative Phlebologie, Diagnostik – Therapie – Ratgeber
F. K. Schattauer, Stuttgart
Buch für Mediziner, jedoch sehr verständlich auch für den Laien; Schwerpunkt in der Behandlung des offenen Beines

Naturheilkundlicher Berater

Linde, Nikolaus / Duff, Claudio:
Natürliche Hilfe bei Durchblutungsstörungen
Midena, Augsburg
Medizinisch orientierter Laienratgeber mit ausführlichem Kapitel zu naturheilkundlichen Verfahren

Anleitung für Venengymnastik und Walking

Klyscz, Thomas / Jünger, Michael:
Venenfitness
Falken Verlag, Niedernhausen
Ausführliche Anleitungen und viele Übungen mit Fotos zu Venengymnastik

Werner, Erich / Vanscheidt, Wolfgang:
Venentraining, den Beinen zuliebe
Kagerer
Ausführliche Beschreibung von Venengymnastik und Venenwalking

GLOSSAR

(Begriffe, die im Buch ausführlich erklärt werden, finden Sie im Register mit Verweis auf die entsprechende Seitenzahl.)

akut	plötzlich auftretend (im Gegensatz zu chronisch)
ambulant	nicht mit Krankenhausaufenthalt verbunden
Anamnese	Krankheitsvorgeschichte
Antikoagulanzien	Medikamente zur Hemmung der Blutgerinnung
Antiphlogistika	entzündungshemmende Medikamente
Atrophie	Schrumpfung oder Verdünnung, bedingt durch Nichtgebrauch oder mangelnde Ernährung
Blow out	Verwölbung einer Vene durch Rückfluss aus der Verbindungsvene
Blutkoagel	Blutgerinnsel
chronisch	andauernd, wiederkommend (im Gegensatz zu akut)
Claudicatio intermittens	Auch „Schaufensterkrankheit" genannt. Tritt bei Arterienverengung in den Beinen auf. Nach einer Anstrengung schmerzt das Bein, sodass zunächst eine Pause zur Erholung eingelegt werden muss
Communicansvene	Verbindungsvene zwischen oberflächlichem und tiefem Venensystem, auch Perforanzvene genannt.
Crosse	Einmündungsstelle der oberflächlichen Venen in die tiefe Beinvene in der Leiste oder der Kniekehle
Crossektomie	operativer Eingriff in der Leiste oder Kniekehle mit Durchtrennung der Sammelvene an der Mündung ins tiefe Venensystem
distal	von der Körpermitte entfernt (Gegenteil: proximal)
Ekzem	chronische Hautentzündung, meist mit Juckreiz
Endothel	innerste Zellschicht an der Gefäßinnenseite
Fasziotomie	Eröffnung der Muskelaußenhaut
Fibrose	bindegewebige Durchsetzung des Gewebes mit Verhärtung
Hämatom	Bluterguss
Hirudin	Gerinnungshemmender Stoff im Speichel des Blutegels
Hydrostatischer Druck	schwerkraftbedingter Druck in einer Flüssigkeitssäule, zum Beispiel in den Beinvenen
Indikation	Begründung für den Einsatz einer Untersuchung oder Behandlung

INR	Test zur Untersuchung der Blutgerinnung; INR steht für International Normalized Ratio (ersetzt den bisher üblichen „Quick“-Wert)
Inspiration	Einatmung
Insuffizienz	Funktionsuntüchtigkeit, Funktionsschwäche eines Organs
Intrakutannaht	Naht, bei der der Faden in der Haut verläuft und von außen nicht sichtbar ist
Inzision	Einschnitt zur Eröffnung einer Gewebeschicht
Ischämie	mangelhafte Versorgung mit sauerstoffreichem Blut
Klappeninsuffizienz	Schließunfähigkeit der Venenklappen
Kollateralkreislauf	Umgehungskreislauf
konservativ	Behandlung ohne Operation (im Gegensatz zu operativ)
Kontraindikation	Gegenanzeige; Gründe gegen den Einsatz einer Untersuchungs- oder Behandlungsmethode
Krosse	siehe Crosse
Krossektomie	siehe Crossektomie
latent	vorhanden, aber noch nicht zum Vorschein gekommen
Leitvenen	Hauptvenen des tiefen Venensystems
Ligatur	Verschluss durch Zubinden mit einem chirurgischen Faden
Lipödem	Schwellung durch vermehrte Fettansammlung
Melanoderm	Braunverfärbung der Haut bei langanhaltender Venenerkrankung
Nekrose	abgestorbenes Gewebe
Ödem	Schwellung durch Wassereinlagerung im Gewebe
peripher	am Rande befindlich
Phlebektomie	stückchenweise Entfernung von Venen
Phlebitis	oberflächliche Venenentzündung
Phlebographie	röntgenologische Kontrastmitteldarstellung des Venensystems
Phlebologie	Lehre von den Venen, ihren Erkrankungen, Untersuchungs- und Behandlungsmethoden
Postthrombotisches Syndrom	krankhafter Folgezustand nach abgelaufener Thrombose der tiefen Venen
Primäre Varizen	Krampfadern, deren Ursache bisher unbekannt ist
Prognose	Vorhersage über Verlauf und Ausgang einer Erkrankung
Prophylaxe	Maßnahme zur Krankheitsvorbeugung
proximal	zur Körpermitte hin (im Gegensatz zu distal)

Quick	Labortest zur Bestimmung der Gerinnungsfähigkeit des Blutes
Reflux	Rückfluss
reversibel	umkehrbar, heilbar
Rezidiv	Wiederauftreten einer Krankheit nach seiner Heilung oder Behandlung
Risikofaktor	krankmachende Lebensbedingung
Rosenvene	volkstümlicher Name für oberflächliche Sammelvene am Bein (kommt von Rosenkranz, da die Venen sich durch ihre Klappen wie ein Rosenkranz anfühlen)
sekundäre Varizen	durch eine vorgeschaltete Ursache (zum Beispiel Verschluss im tiefen Venensystem) nachträglich entstandene Krampfadern
Sklerosierung	Verödung durch Einspritzen eines Medikamentes in die Venen
Sonographie	Ultraschall
Stammvarikose	Krampfadererkrankung der oberflächlichen Sammelvenen
superficial	oberflächlich
Teleangiektasien	kleinste erweiterte Gefäße in der Haut
Thrombophilie	erhöhte Neigung zur Blutgerinnselbildung
Thrombophlebitis profunda	Venenentzündung der tiefen Beinvenen
Thrombophlebitis superficialis	Venentzündung in den oberflächlichen Venen
Thrombophlebitis	Entzündung der Venenwand (Venenentzündung) mit Gerinnselbildung
Thrombus	Blutgerinnsel in einem Blutgefäß
Ulcus cruris	„offenes Bein" oder „Beingeschwür"; Wunde am Knöchel, die meist durch eine dauerhafte Venenerkrankung verursacht ist, aber auch durch Lähmungen, arterielle Durchblutungsstörungen oder Blutzuckererhöhung bedingt sein kann
Varikose/Varikosis	Krampfadererkrankung
Varizen	Krampfadern
Vena saphena magna	vordere Sammelvene, vom Innenknöchel zur Leiste, Abkürzung V.s.m.
Vena saphena parva	hintere Sammelvene, vom Außenknöchel zur Kniekehle, Abkürzung V.s.p.
Venenentzündung	siehe Thrombophlebitis
Veneninsuffizienz	Rückfluss in den Venen, fehlendes Funktionieren der Venenklappen
Venentonus	Venenwandspannung
Viskosität	Zähflüssigkeit

REGISTER

In dieser Reihe, mit Dr. Günter Gerhardt als Herausgeber, sind im FALKEN Verlag bereits erschienen:
Kopfschmerzen (2538), Heuschnupfen (2539), Tees zum Heilen und Genießen (2542), Traditionelle Chinesische Medizin (2541), Gesund und vital mit Löwenzahn (2540), Kinderkrankheiten (2543), Gesunde Ernährung für Kleinkinder (2544)
Sie sind überall erhältlich, wo es Bücher gibt.

Sie finden uns im Internet: **www.falken.de**

Dieses Buch wurde auf chlorfrei gebleichtem und säurefreiem Papier gedruckt.

Der Text dieses Buches entspricht den Regeln der neuen deutschen Rechtschreibung.

Die Übungen auf Seite 91-93 entstammen dem Buch „Venenfitness" von Dr. med. Thomas Klyscz und Dr. med Michael Jünger, erschienen im FALKEN Verlag (60523).

ISBN 3 8068 2545 9

Umschlaggestaltung:
Rohwedder.Becker, Büro für Konzept und Gestaltung, Mainz
Layout: Horst Bachmann, Idstein
Konzept: Redaktion FALKEN Verlag
Redaktion: InterConcept Medienagentur, München / Ronit Jariv
Koordination: InterConcept Medienagentur, München / FALKEN Verlag
Herstellung: InterConcept Medienagentur, München / FALKEN Verlag
Umschlagfoto: Mauritius, Frankfurt / Sipa Image (oben); ZDF / C. Sauerbrei

Fotos: Bavaria, München: 6/7, 14/15, 24/25, 32/33, 62/63,72; **Dr. med. Erika Mendoza**, Wunstorf: 28, 31; **Tom Pingel Fotografie**, Stuttgart: 39, 41, 58, 64, 68, 70, 90; **SIGVARIS**, St. Gallen (Schweiz): 17; alle übrigen: **FALKEN Archiv, Studioteam Zöltsch**, Langen; Foto ServiceCenter: **Tom Pingel Fotografie**, Stuttgart
Illustrationen: FALKEN Archiv, G. Scholz, Dornburg: 82(3); alle übrigen Wladimir Szczesny und Sylvia Kursawe, München

Druck: Appl, Wemding

817 2635 4453 6271